इंदिरा गांधी इंटरव्यू 2022 में

विवेक कुमार पांडे शंभुनाथ

क्रम-सूची

प्रस्तावना

में पढ़ाई करके सोने चला गया और फिर सपने में इंदिरा गांधी जी आए और मुझसे कहने लगी मेरा इंटरव्यू लो। मैंने उनका इंटरव्यू लिया। बहुत सारे सवाल पुछे उन्होंने भी और मैंने भी सवाल पुछा। क्या इंटरव्यू लेना पड़ गया मुझ पर भारी। जानने के लिए तो खरीदना पड़ेगा ये किताब।

संक्षेप में जानकारी मिलेगी आप सभी को इस किताब को पढ़ने के बाद। साथ ही आपको जानने को मिलेगा इतिहास से जुड़े बहुत सारे सवाल। इस किताब को लिखने के दौरान कोई भी धर्म या जाति एवम् किसी भी परिवार के सदस्य को नुक्सान नहीं पहुंचाया गया है। हम किसी को भी ठेस नहीं पहुंचाना चाहते हैं। इस किताब को लिखा है श्री विवेक कुमार पांडे शंभुनाथ जी ने।

भूमिका

मेरा नाम विवेक कुमार पांडे है और मैं एक लेखक हु , में गुजरात के सुरत में निवास करता हूं.मेरा जन्म ३० सेप्टेंबर २००२ में हुआ था, और मुझे बचपन से एक्टर बनने का सोख रहा है और अभी भी है.। में कभी ये नहीं सोचता की लोग क्या कर रहे हैं में ये सोचता हूं कि में क्या कर रहा हूं, में आज सफल हूं तो अपने पापा की वजह से आज वो रहते तो उन्हें बहुत खुशी होती , वो सदा और हमेशा मेरे साथ रहेंगे.। मेरे रियल लाइफ के सुपरस्टार और सुपर हीरो मेरे प्यारे पापा है । आई लव यू पापा । पापा को मेरे हाथ कि चाय बहुत अच्छी लगती थी ।

जब उनका मन करता था चाय पीने के लिए तो वो कहते थे । मुझे चाय पीना है कौन बनाएगा मम्मी कहती में बना देती हूं लेकिन पापा कहते नहीं मेरा बेटा बनाएंगा । उसके हाथ कि चाय मुझे बहुत अच्छा लगता है । जब भी काम करके घर आने वाले होते हैं तब मुझे फोन करते है विवेक बेटा बोलो क्या खाओगे सेब ले लु । में कहता ठीक है पापा ले लिजिए । पापा कहते कितना लू एक किलो या 2 किलो । में कहता नहीं पापा सिर्फ में ही खाता हूं भईया और दीदी को फल अच्छा ही नहीं लगता है इसलिए 3 सेब ले लेना । लेकिन पापा मेरे लिए दो तीन किलो फल लेकर आ ही जाते थे । पहले ले लेते फिर मुझे फोन करते । हमेशा ऐसा ही करते थे ।

में ये नहीं कह रहा हूं कि मुझे बहुत ज्यादा प्यार और मानते थे । वो अपने तीनों संतानों को प्यार करते थे । सबसे छोटा तो में ही था घर में , मुझसे बड़ी मेरी बहन और मेरी बहन से भी बडे मेरे भईया । में आज भी वो दिन का इंतजार कर रहा हूं जब पापा मेरे लिए कुछ लेकर आएंगे । मेरे कान तरस रहे है वो आवाज़ सुनने के लिए । लेकिन कहते हैं जो चीज चली जाए वो कभी लौटकर नहीं आती है । आप सभी से निवेदन है आप अपने मम्मी और पापा का ध्यान रखें । दुनिया में एक ही भगवान है वो है माता ओर पिता ।

में बहुत ही शरारती था बचपन में । मुझे किताब लिखने का शोख बचपन से ही था । जब में तीसरी कक्षा में पढ़ता था । तब से ही किताब लिखता था में और मेरा दोस्त हम दोनों किताब लिखके सभी को दिखाते थे और कहते थे जिन्हें मेरा किताब अच्छा लगे तो अपना हस्ताक्षर कर दे । मेरे अंदर एक बहुत ही खास विशेषता है में किसी के चक्कर में नहीं रहता हूं । कौन क्या कर रहा है करने दो मुझे कुछ फर्क नहीं पड़ता है । मुझे सिर्फ अपने आप पर ध्यान देना है ।

क्योंकि दुनिया में ऐसे भी लोग हैं जो नहीं खुद कुछ करना चाहते हैं और नहीं दुसरो को कुछ करने देना चाहते हैं । एक बात ध्यान रखें अगर आप कोई भी नया काम करते हैं तो पहले लोग ताना मारते ही है । ये मत करो वो मत करो तुम्हारे बस कि बात नहीं है , तुम नहीं कर सकते हो . मुझे यह पता नहीं चलता लोग इतना सुझाव क्यों देते हैं । हमें जो करना है हम वहीं करेंगे । कई लोग हैं जो दुसरो के कहने पर वही करते हैं लेकिन मैं आपसे कह रहा हूं आप जो करना चाहे वो करे किसी के कहने पर खाई में मत कुदे । आपकी जिंदगी आपके ही हाथों में है लोगों के हाथों में नहीं है ।

मेरा बस एक ही सपना है कि में नाम कमाकर अपने पिताजी का अधुरा सपना पूरा करूं ।

1

इंदिरा गांधीजी का इंटरव्यू 2022 में

•

इंदिरा गांधी इंटरव्यू

पढ़ाई करके में सोने चला गया। सपने में देख रहा था कि इंदिरा गांधी जी मुझ से मिलने आए हैं। वो कह रही है कि आप मेरा इंटरव्यू लो। मैंने कहा ठीक है में आपका इंटरव्यू लूंगा। मैंने इंटरव्यू को फेसबुक और ट्विटर , यूट्यूब पर लाइव कर दिया .।

विवेक कुमार पांडे : जी नमस्ते।

इंदिरा गांधी जी : नमस्ते। आज में तुम्हारे पास इसलिए आई हूं ताकि तुम मेरा इंटरव्यू ले सको। जैसे तुमने गांधीजी का इंटरव्यू लिया था। तुम भी बताओं लोगों कि आखिर कौन थी इंदिरा गांधी। में तुमसे सवाल पुछुंगी।

विवेक कुमार पांडे : ठीक है।

इंदिरा गांधी जी : पहला सवाल : बताओं इंदिरा गांधी कौन थी।

विवेक कुमार पांडे : इन्दिरा गाँधी जी (जन्म उपनाम: नेहरू) (19 नवंबर 1917-31 अक्टूबर 1984) वर्ष 1966 से 1977 तक लगातार 3 पारी के लिए भारत गणराज्य की प्रधानमन्त्री रहीं और उसके बाद चौथी पारी में 1980 से लेकर 1984 में उनकी राजनैतिक हत्या तक भारत की प्रधानमंत्री रहीं। वे भारत की प्रथम और अब तक एकमात्र महिला प्रधानमंत्री रहीं।

इंदिरा गांधी जी : बेटा फिर से कहो थोड़ा विस्तार में बताना ।

विवेक कुमार पांडे : ठीक है ।इन्दिरा का जन्म 19 नवम्बर 1917 को राजनीतिक रूप से प्रभावशाली नेहरू परिवार में हुआ था। इनके पिता जवाहरलाल नेहरू और इनकी माता कमला नेहरू थीं। इन्दिरा को उनका "गांधी" उपनाम फिरोज़ गाँधी से विवाह के पश्चात मिला था। इनका मोहनदास करमचंद गाँधी से न तो खून का और न ही शादी के द्वारा कोई रिश्ता था। इनके पितामह मोतीलाल नेहरू एक प्रमुख भारतीय राष्ट्रवादी नेता थे। इनके पिता जवाहरलाल नेहरू भारतीय स्वतंत्रता आन्दोलन के एक प्रमुख व्यक्तित्व थे और आज़ाद भारत के प्रथम प्रधानमंत्री रहे।

1934–35 में अपनी स्कूली शिक्षा पूरी करने के पश्चात, इन्दिरा ने शान्तिनिकेतन में रवीन्द्रनाथ टैगोर द्वारा निर्मित विश्व-भारती विश्वविद्यालय में प्रवेश लिया। रवीन्द्रनाथ टैगोर ने ही इन्हे "प्रियदर्शिनी" नाम दिया था। इसके पश्चात यह इंग्लैंड चली गईं और ऑक्सफोर्ड विश्वविद्यालय की प्रवेश परीक्षा में बैठीं, परन्तु यह उसमे विफल रहीं और ब्रिस्टल के बैडमिंटन स्कूल में कुछ महीने बिताने के पश्चात, 1937 में परीक्षा में सफल होने के बाद इन्होने सोमरविल कॉलेज, ऑक्सफोर्ड में दाखिला लिया। इस समय के दौरान इनकी अक्सर फिरोज़ गाँधी से मुलाकात होती थी, जिन्हे यह इलाहाबाद से जानती थीं और जो लंदन स्कूल ऑफ इकॉनॉमिक्स में अध्ययन कर रहे थे। अंततः 16 मार्च 1942 को आनंद भवन, इलाहाबाद में एक निजी आदि धर्म ब्रह्म-वैदिक समारोह में इनका विवाह फिरोज़ से हुआ।

ऑक्सफोर्ड से वर्ष 1941 में भारत वापस आने के बाद वे भारतीय स्वतन्त्रता आन्दोलन में शामिल हो गयीं। 1950 के दशक में वे अपने पिता के भारत के प्रथम प्रधानमंत्री के रूप में कार्यकाल के दौरान गैरसरकारी तौर पर एक निजी सहायक के रूप में उनके सेवा में रहीं। अपने पिता की मृत्यु के बाद सन् 1964 में उनकी नियुक्ति एक राज्यसभा सदस्य के रूप में हुई। इसके बाद वे लालबहादुर शास्त्री के मंत्रिमंडल में सूचना और प्रसारण मत्री बनीं।

लालबहादुर शास्त्री के आकस्मिक निधन के बाद तत्कालीन काँग्रेस पार्टी अध्यक्ष के. कामराज इंदिरा गांधी को प्रधानमंत्री बनाने में निर्णायक रहे। गाँधी ने शीघ्र ही चुनाव जीतने के साथ-साथ जनप्रियता के माध्यम से विरोधियों के ऊपर हावी होने की योग्यता दर्शायी। वह अधिक बामवर्गी आर्थिक नीतियाँ लायीं और कृषि उत्पादकता को बढ़ावा दिया। 1971 के भारत-पाक युद्ध में एक निर्णायक जीत के बाद की अवधि में अस्थिरता की स्थिती में उन्होंने सन् 1975 में आपातकाल लागू किया। उन्होंने एवं काँग्रेस पार्टी ने 1977 के आम चुनाव में पहली बार हार का सामना किया। सन् 1980 में सत्ता में लौटने के बाद वह अधिकतर पंजाब के अलगाववादियों के साथ बढ़ते हुए द्वंद्व में उलझी रहीं जिसमे आगे चलकर सन् 1984 में अपने ही अंगरक्षकों द्वारा उनकी राजनैतिक हत्या हुई।

इंदिरा गांधी जी : बहुत खुब बेटा . अगला सवाल इंदिरा गांधी जी का साधारण सी जिंदगी के बारे में बताओ ।

विवेक कुमार पांडे : सन् 1917 में पंडित जवाहरलाल नेहरू और उनकी पत्नी कमला नेहरू के यहाँ हुआ। वे उनकी एकमात्र संतान थीं। नेहरू परिवार अपने पुरखों का खोंज जम्मू और कश्मीर तथा दिल्ली केब्राह्मणों में कर सकते हैं। इंदिरा के पितामह मोतीलाल नेहरू उत्तर प्रदेश के इलाहाबाद से एक धनी बैरिस्टर थे। जवाहरलाल नेहरू पूर्व समय में भारतीय राष्ट्रीय कांग्रेस के बहुत प्रमुख सदस्यों में से थे। उनके पिता मोतीलाल नेहरू भारतीय स्वतंत्रता संग्राम के एक लोकप्रिय नेता रहे। इंदिरा के जन्म के समय महात्मा गांधी के नेतृत्व में जवाहरलाल नेहरू का प्रवेश स्वतन्त्रता आन्दोलन में हुआ।

उनकी परवरिश अपनी माँ की सम्पूर्ण देखरेख में, जो बीमार रहने के कारण नेहरू परिवार के गृह सम्बन्धी कार्यों से अलग रही, होने से इंदिरा में मजबूत सुरक्षात्मक प्रवृत्तिओं के साथ साथ एक निःसंग व्यक्तित्व विकसित हुआ। उनके पितामह और पिता का लगातार राष्ट्रीय राजनीती में उलझते जाने ने भी उनके लिए साथिओं से मेलजोल मुश्किल कर दिया। उनकी अपनी बुओं (पिता की बहनों) के साथ जिसमे विजयाल्क्ष्मी पंडित भी थीं, मतविरोध रही और यह राजनैतिक दुनिया में भी चलती रही।

इन्दिरा ने युवा लड़के-लड़कियों के लिए वानर सेना बनाई, जिसने विरोध प्रदर्शन और झंडा जुलूस के साथ साथ कांगेस के नेताओं की मदद में संवेदनशील प्रकाशनों तथा प्रतिबंधित सामग्रीओं का परिसंचरण कर भारतीय स्वतंत्रता संग्राम में छोटी लेकिन उल्लेखनीय भूमिका निभाई थी। प्रायः दोहराए जानेवाली कहानी

है कि उन्होंने पुलिस की नजरदारी में रहे अपने पिता के घर से बचाकर एक महत्वपूर्ण दस्तावेज, जिसमे 1930 दशक के शुरुआत की एक प्रमुख क्रांतिकारी पहल की योजना थी, को अपने स्कूलबैग के माध्यम से बहार उड़ा लिया था।

सन् 1936 में उनकी माँ कमला नेहरू तपेदिक से एक लंबे संघर्ष के बाद अंततः स्वर्गवासी हो गईं। इंदिरा तब 18 वर्ष की थीं और इस प्रकार अपने बचपन में उन्हें कभी भी एक स्थिर पारिवारिक जीवन का अनुभव नहीं मिल पाया था। उन्होंने प्रमुख भारतीय, यूरोपीय तथा ब्रिटिश स्कूलों में अध्यन किया, जैसेशान्तिनिकेतन, बैडमिंटन स्कूल औरऑक्सफोर्ड।

1930 दशक के अन्तिम चरण में ऑक्सफ़र्ड विश्वविद्यालय, इंग्लैंड के सोमरविल्ले कॉलेज में अपनी पढ़ाई के दौरान वे लन्दन में आधारित स्वतंत्रता के प्रति कट्टर समर्थक भारतीय लीग की सदस्य बनीं।

महाद्वीप यूरोप और ब्रिटेन में रहते समय उनकी मुलाक़ात एक पारसी कांग्रेस कार्यकर्ता, फिरोज़ गाँधी से हुई और अंततः १६ मार्च १९४२ को आनंद भवन इलाहाबाद में एक निजी आदि धर्मं ब्रह्म-वैदिक समारोह में उनसे विवाह किया ।

ठीक भारत छोडो आन्दोलन की शुरुआत से पहले जब महात्मा गांधी और कांग्रेस पार्टी द्वारा चरम एवं पुरजोर राष्ट्रीय विद्रोह शुरू की गई। सितम्बर 1942 में वे ब्रिटिश अधिकारियों द्वारा गिरफ्तार की गयीं और बिना कोई आरोप के हिरासत में डाल दिये गये थे। अंततः 243 दिनों से अधिक जेल में बिताने के बाद उन्हें १३ मई 1943 को रिहा किया गया। 1944 में उन्होंने फिरोज गांधी के साथ राजीव गांधीऔर इसके दो साल के बाद संजय गाँधी को जन्म दिया।

सन् 1947 के भारत विभाजन अराजकता के दौरान उन्होंने शरणार्थी शिविरों को संगठित करने तथा पाकिस्तान से आये लाखों शरणार्थियों के लिए चिकित्सा सम्बन्धी देखभाल प्रदान करने में मदद की। उनके लिए प्रमुख सार्वजनिक सेवा का यह पहला मौका था।

गांधीगण बाद में इलाहाबाद में बस गये, जहाँ फिरोज ने एक कांग्रेस पार्टी समाचारपत्र और एक बीमा कंपनी के साथ काम किया। उनका वैवाहिक जीवन प्रारम्भ में ठीक रहा, लेकिन बाद में जब इंदिरा अपने पिता के पास नई दिल्ली चली गयीं, उनके प्रधानमंत्रित्व काल में जो अकेले तीन मूर्ति भवन में एक उच्च मानसिक दबाव के माहौल में जी रहे थे, वे उनकी विश्वस्त, सचिव और नर्स बनीं। उनके बेटे उसके साथ रहते थे, लेकिन वो अंततः फिरोज से स्थायी रूप से अलग हो गयीं, यद्यपि विवाहित का तगमा जुटा रहा।

जब भारत का पहला आम चुनाव 1951 में समीपवर्ती हुआ, इंदिरा अपने पिता एवं अपने पती जो रायबरेली निर्वाचन क्षेत्र से चुनाव लड़रहे थे, दोनों के प्रचार प्रबंध में लगी रही। फिरोज अपने प्रतिद्वंदिता चयन के बारे में नेहरू से सलाह मशविरा नहीं किया था और यद्दपि वह निर्वाचित हुए, दिल्ली में अपना अलग निवास का विकल्प चुना। फिरोज ने बहुत ही जल्द एक राष्ट्रीयकृत बीमा उद्योग में घटे प्रमुख घोटाले को उजागर कर अपने राजनैतिक भ्रष्टाचार के विरुद्ध लड़ाकू होने की छबि को विकसित किया, जिसके परिणामस्वरूप नेहरू के एक सहयोगी, वित्त मंत्री, को इस्तीफा देना पड़ा।

तनाव की चरम सीमा की स्थिति में इंदिरा अपने पती से अलग हुईं। हालाँकि सन् 1958 में उप-निर्वाचन के थोड़े समय के बाद फिरोज़ को दिल का दौरा पड़ा, जो नाटकीय ढ़ंग से उनके टूटे हुए वैवाहिक वन्धन को चंगा किया। कश्मीर में उन्हें स्वास्थोद्धार में साथ देते हुए उनकी परिवार निकटवर्ती हुई। परन्तु 8 सितम्बर,1960 को जब इंदिरा अपने पिता के साथ एक विदेश दौरे पर गयीं थीं, फिरोज़ की मृत्यु हुई।

यही थी इंदिरा गांधी जी कि साधारण जिंदगी ।

इंदिरा गांधी जी : मेरा अगला सवाल : क्या इंदिरा गांधी के राजनैतिक जीवन ने बदल दी देश की दशा और दिशा ?

विवेक कुमार पांडे : प्रधानमंत्री बनने के बाद इंदिरा के सामने कई चुनौतियां व संकट थे. देश में उसी साल ऐसा भयानक अकाल पड़ा कि कई राज्यों में आहार के लिए दंगे होने लगे. मिजो जनजातियों ने विद्रोह कर दिया तथा पंजाब में भाषाई आंदोलन सिर उठाने लगा.

7 नवंबर 1966 की बात है. हजारों की तादाद में गौरक्षक, साधु व अन्य धार्मिक नेता गौरक्षा की मांग करते हुए संसद की ओर मार्च कर रहे थे. करनाल (पंजाब) से भारतीय जनसंघ के सांसद स्वामी रामेश्वरानंद के नेतृत्व में यह मार्च संसद भवन की ओर बढ़ने लगा. उस समय सुरक्षा बल की कमी थी, सो ख़तरा देख संसद भवन का मुख्य प्रवेश द्वार बंद कर दिया गया. इससे भीड़ हिंसक हो गई और पार्लियामेंट स्ट्रीट पर मौजूद सरकारी भवनों में तोड़-फोड़ मचाने लगी.

स्थिति बिगड़ती देख पुलिस ने फ़ायरिंग कर दी, जिसमें आठ साधुओं की मौत हो गई. इस फ़ायरिंग की देशभर में व्यापक निंदा होने लगी. तब तत्कालीन प्रधानमंत्री इंदिरा गांधी ने वरिष्ठ राजनीतिज्ञ व देश के गृहमंत्री गुलजारीलाल नंदा को पद से हटा दिया.

बतौर प्रधानमंत्री इंदिरा गांधी का यह पहला साल था और उनके सामने कई चुनौतियां थीं. मेरी सेटॉन के मुताबिक 1962 में चीन से युद्ध हारने के दुख में तत्कालीन प्रधानमंत्री व इंदिरा के पिता जवाहरलाल नेहरू का देहांत हो चुका था. वर्तमान में जैसा माना जाता है कि इंदिरा को प्रधानमंत्री बनाने के लिए उन्होंने बाक़ायदा प्रशिक्षित किया था, उसके विपरीत तब देश के नए प्रधानमंत्री की खोज जारी थी.

इंदिरा तो इंग्लैंड में शिक्षा ग्रहण कर रहे अपने बेटे राजीव व संजय गांधी के पास रहने के लिए जाने की योजना बना रहीं थीं. नेहरू की असामयिक मौत से मात्र 19 दिन पहले उन्होंने अपनी मित्र डोरोथी नॉर्मन को पत्र लिख कर अपनी योजना बताई थी कि "वे कम-से-कम एक साल के लिए भारत से बाहर रहना चाहती हैं, और वहां की मुद्रा प्राप्त करने के लिए किसी काम की तलाश में हैं."

नेहरू ने ख़ुद उनकी परवरिश अपने राजनीतिक जांनशीन के रूप में नहीं की थी. इंदिरा ने जब संसदीय सीटों के लिए चुनाव लड़ने से इंकार किया तो नेहरू ने उनका समर्थन किया तथा उनके भविष्य के लिए कोई ख़ास योजना नहीं बनाई. फरवरी 1959 में इंदिरा गांधी को अख़िल भारतीय कांग्रेस कमेटी का अध्यक्ष बनाया गया तो नेहरू विरोधियों ने इसे बेटी के लिए प्रधानमंत्री पद की राह आसान करना ठहराया. हालांकि, कांग्रेस के ही एक बड़े वर्ग का मानना था कि इंदिरा ने अपने गुणों के आधार पर यह पोस्ट पाई थी.

नेहरू की असामयिक मौत से मात्र 19 दिन पहले उन्होंने अपनी मित्र डोरोथी नॉर्मन को पत्र लिख कर अपनी योजना बताई थी कि "वे कम-से-कम एक साल के लिए भारत से बाहर रहना चाहती हैं, और वहां की मुद्रा प्राप्त करने के लिए किसी काम की तलाश में हैं."

पार्टी अध्यक्ष का पद पाने वाली इंदिरा गांधी चौथी महिला थीं और अध्यक्ष बनते ही उन्होंने अपनी दृढ़ इच्छा शक्ति का प्रदर्शन कर दिया. केरल में मार्क्सवादी ईएमएस नंबूदरीपाद की सरकार ने भूमि सुधार लागू किए थे. राज्य सरकार ने एजुकेश्नल बिल पारित करा लिया था, जिससे प्राइवेट स्कूलों को नियंत्रित किया जा सके. इससे समाज का प्रभावशाली वर्ग भड़क गया और उसने नंबूदरीपाद सरकार को उखाड़ फेंकने का अभियान चला दिया. इंदिरा ने मौक़े का फ़ायदा उठाया और नंबूदरीपाद सरकार बदल दी गई. भाषाई तनाव बढ़ते देख उन्होंने महाराष्ट्र व गुजरात को अलग करने की सिफारिश भी की.

हमें सुनते रहिएगा जितने भी दर्शक हमें देख रहे हैं। आगे बढ़ते हैं।

फरवरी 1960 में उनका अध्यक्षीय कार्यकाल पूरा हो गया. कांग्रेस कार्य समिति ने उनसे दोबारा इस पद पर बने रहने का आग्रह किया, लेकिन इंदिरा ने विनम्रतापूर्वक उसे अस्वीकार करते हुए वरिष्ठ नेता के कामराज को आगे कर दिया. अलबत्ता ख़ुद को पीछे रखते हुए वे अपने पिता व देश के प्रधानमंत्री जवाहरलाल नेहरू की छाया बनी रहीं तथा द्वेष रखने वालों से उनका बचाव करती रहीं. साथ ही उन्होंने इसका भी ध्यान रखा कि यह राजनीतिक गतिविधियां उनके सामाजिक कार्यों तथा अपनी संतानों की परवरिश में रुकावट न बनें.

मगर नियती कुछ और खेल खेल रही थी. 27 मई 1964 को नेहरू की मौत हो गई, जिसके कुछ घंटों बाद ही सिंडिकेट कहलाने वाले कांग्रेस के वरिष्ठ नेताओं ने लाल बहादुर शास्त्री को देश का नया प्रधानमंत्री चुन लिया. राजनीतिज्ञों के राजनीतिज्ञ के.कामराज ने कट्टरपंथी मोरारजी देसाई की जगह शास्त्री को प्राथमिकता दी.

फरवरी 1959 में इंदिरा गांधी को अख़िल भारतीय कांग्रेस कमेटी का अध्यक्ष बनाया गया तो नेहरू विरोधियों ने इसे बेटी के लिए प्रधानमंत्री पद की राह आसान करना ठहराया. हालांकि, कांग्रेस के ही एक बड़े वर्ग का मानना था कि इंदिरा ने अपने गुणों के आधार पर यह पोस्ट पाई थी.

इंदिरा गांधी की निकटतम मित्र व सलाहकार पुपुल जयकर के अनुसार प्रधानमंत्री पद की शपथ लेने से पहले शास्त्री ने इंदिरा को बुला कर प्रधानमंत्री पद ऑफर किया था. जयकर ने लिखा है कि "इंदिरा गांधी ने इसे अस्वीकार कर दिया." क्योंकि "वे महसूस करती थीं कि अगर अभी प्रधानमंत्री बन गई तो बर्बाद हो कर रह जाऊंगी." फिर शास्त्री ने इस आग्रह के साथ कि उनके बिना वे एक मज़बूत सरकार नहीं बना पाएंगे, उन्हें मंत्री पद का ऑफर दिया. तब इंदिरा ने सूचना व प्रसारण मंत्रालय की ज़िम्मेदारी स्वीकार कर ली.

सितंबर 1965 में पाकिस्तान ने जम्मू-कश्मीर स्थित अख़नूर के चंब सेक्टर पर चढ़ाई कर दी. भारतीय सेना ने पश्चिमी पाकिस्तान पर धावा बोला और लाहौर की ओर बढ़ चली. 22 सितंबर को संयुक्त राष्ट्र संघ ने हस्तक्षेप कर दोनों देशों के बीच युद्धबंदी कराई. जनवरी 1966 में सोवियत रूस के प्रधानमंत्री अलेक्जेयी कोसिगिन ने शास्त्री व पाकिस्तान के राष्ट्रपति जनरल अयूब खान को उजबेकिस्तान स्थित ताशकंद में संधि के लिए निमंत्रित किया. जिस रात इन दोनों प्रधानों ने संधि पर हस्ताक्षर किए, उसी रात लाल बहादुर शास्त्री को दिल का घातक दौरा पड़ा और उन्होंने वहीं दम तोड़ दिया.

इंदिरा गांधी की निकटतम मित्र व सलाहकार पुपुल जयकर के अनुसार प्रधानमंत्री पद की शपथ लेने से पहले शास्त्री ने इंदिरा को बुला कर प्रधानमंत्री पद ऑफर किया था. जयकर ने लिखा है कि "इंदिरा गांधी ने इसे अस्वीकार कर दिया." क्योंकि "वे महसूस करती थीं कि अगर अभी प्रधानमंत्री बन गई तो बर्बाद हो कर रह जाऊंगी."

इंदिरा गांधी जी : वाह बेटा विवेक बहुत ही बढ़िया से बता रहे हो लोगों को। मेरा अगला सवाल : इंदिरा गांधी का प्रधानमंत्री बनने का सफर बताओ।

विवेक कुमार पांडे : जी। कामराज फौरन इंदिरा को प्रधानमंत्री पद के लिए आगे करने लगे. मोरारजी देसाई के नेतृत्व में वरिष्ठ कांग्रेसियों का एक गुट इसके ख़िलाफ़ था लेकिन कामराज को लगता था कि इंदिरा गांधी में 1967 का चुनाव जिताने की क्षमता है. इसके ख़िलाफ देसाई ने कांग्रेस संसदीय दल के चुनाव करवा कर नेतृत्वकर्ता चुनने का दबाव डाला. शास्त्री की मौत के 9 दिन बाद यह चुनाव हुए. चुनाव अधिकारी ने संसद के सेंट्रल हॉल में अपरान्ह 3 बजे के कामराज को चुनाव परिणाम सौंप दिए. कामराज ने अपने विशुद्ध तमिल लहजे में चुनाव परिणाम घोषित किए, जिसे कांग्रेस के कुछ ही सांसद व पदाधिकारी समझ सके. तुरंत ही कांग्रेस के एक उत्साही नेता ने घोषणा की कि इंदिरा गांधी चुनाव जीत गई हैं. उन्हें 355 जबकि देसाई को केवल 169 वोट मिले हैं.

24 जनवरी 1966 को इंदिरा गांधी ने पद व गोपनीयता की शपथ राष्ट्रपति भवन में स्थित भगवान बुद्ध की प्रतिमा के सामने ग्रहण की, जहां लिखा हुआ था — 'निर्भीक रहो.' प्रधानमंत्री बनने के बाद इंदिरा गांधी ने दृढ़ता के साथ काम शुरू किया. यही नहीं इंदिरा का राजनीतिक करियर बनाने वाले के.कामराज को भी बाद में अहसास हुआ कि इंदिरा अपने ढंग से काम करने वाली महिला हैं. इसीलिए एक मौक़े पर उन्होंने इंदिरा के व्यक्तित्व को यूं प्रस्तुत किया, "एक बड़े आदमी की बेटी, एक छोटे आदमी की गलती."

कामराज ने अपने विशुद्ध तमिल लहजे में चुनाव परिणाम घोषित किए, जिसे कांग्रेस के कुछ ही सांसद व पदाधिकारी समझ सके. तुरंत ही कांग्रेस के एक उत्साही नेता ने घोषणा की कि इंदिरा गांधी चुनाव जीत गई हैं. उन्हें 355 जबकि देसाई को केवल 169 वोट मिले हैं.

इंदिरा गांधी जी : ठीक है। मेरा अगला सवाल : प्रधानमंत्री बनने के बाद कौन सी चुनौती उनके सामने आई।

विवेक कुमार पांडे : प्रधानमंत्री बनने के बाद इंदिरा के सामने कई चुनौतियां व संकट थे. देश में उसी साल ऐसा भयानक अकाल पड़ा कि कई राज्यों में आहार के

लिए दंगे होने लगे. मिजो जनजातियों ने विद्रोह कर दिया तथा पंजाब में भाषाई आंदोलन सर उठाने लगा. साथ ही उनके ख़िलाफ दुष्प्रचार ने ज़ोर पकड़ लिया. दिल्ली व देश के कुछ भागों में उन्हें देश के लिए अशुभ बताने वाले पोस्टर लग गए.

इन सबसे विचलित हुए बिना इंदिरा ने अपना सफर शुरू कर दिया. गौरक्षा मामले में उन्होंने सुप्रीम कोर्ट के सेवानिवृत्त मुख्य न्यायाधीश एके सरकार की अध्यक्षता में एक समिति गठित कर दी, जिसे यह रिपोर्ट देनी थी कि देश भर में गौवध पर रोक लगाना उचित होगा. इसमें उन्होंने निर्भीकता के साथ राष्ट्रीय स्वयंसेवक संघ के मुखिया एमएस गोलवलकर को भी रखा. उनके अलावा पुरी के शंकराचार्य, राष्ट्रीय डेयरी विकास निगम अध्यक्ष वी कुरियन, अर्थशास्त्री अशोक मित्रा सहित अन्य लोग शामिल थे. कुरियन ने बाद में लिखा कि गोलवलकर ने स्वीकार किया था कि नवंबर 1966 में उनके द्वारा चलाए गए गौरक्षा अभियान का मूल उद्देश्य सरकार को परेशान करना था तथा उनके मस्तिष्क में कई राजनीतिक उद्देश्य भी थे. समिति समय पर रिपोर्ट प्रस्तुत नहीं कर सकी तथा 1979 में मोरारजी देसाई सरकार ने इसे भंग कर दिया.

1967 में इंदिरा गांधी पचास साल की हो गईं और इसी साल होने वाले लोकसभा चुनाव में उन्होंने पहली बार जनता से सीधा सामना करने यानी चुनाव लड़ने का मन बनाया. इसके लिए उन्होंने अपने दिवंगत फिरोज गांधी की सीट रायबरेली चुनी. यही नहीं उनकी क्षमता को लेकर के.कामराज ने जो अनुमान लगाए थे, उन्हें सिद्ध करते हुए इंदिरा ने प्रचार के लिए 45 दिन के चुनाव अभियान में 25 हजार किलोमीटर से ज्यादा की यात्रा की.

इंदिरा गांधी जी : सवाल : इंदिरा गांधी चुनाव से पहले विपक्ष के निशाने पर थी या नहीं । अगर निशाने पर थी तो क्यों थी ।

विवेक कुमार पांडे : इसका जवाब हा है । अब में अपने दर्शकों को विस्तार में बताता हूं ।

इस चुनाव से पहले देश में समाजवादी आंदोलन आकार लेने लगा था. इसमें यादव, जाट, रेड्डी, पटेल व मराठा जैसी पिछड़ी जातियां शामिल थीं, जिनका कांग्रेस से मोहभंग हो चुका था. कांग्रेस में रह चुके राम मनोहर लोहिया के विचार में सन् 1952, 1957 व 1962 के चुनाव कांग्रेस द्वारा सतत् जीतने पर मतदाता को लगने लगा था कि कांग्रेस को कोई नहीं हरा सकता. इस सोच को बदलने के लिए उन्होंने विपक्ष को सलाह दी कि चुनाव में अपने अलग-अलग उम्मीदवार खड़े करने के बजाय सभी पार्टियों को मिलकर कांग्रेस के सामने एक साझा उम्मीदवार

खड़ा करना चाहिए. लोहिया का यह फार्मूला काम कर गया और कांग्रेस को कई जगह हार का मुंह देखना पड़ा. देश के नौ राज्यों में गैर-कांग्रेसी सरकार भी बनी.

स्वतंत्र पार्टी के टिकट पर महारानी गायत्री देवी ने चुनाव लड़ा और ख़ुद को इंदिरा गांधी की प्रतिद्वंद्वी के रूप में पेश किया. जयपुर में एक आमसभा को संबोधित करते हुए इंदिरा ने पूर्व राजे-महाराजों पर यह कह कर हमला किया कि "जाओ और महाराजाओं व महारानियों से पूछो कि अपने राज में उन्होंने जनता के लिए क्या किया तथा जनता के धन से ऐश करने वाले इन लोगों ने अंग्रेजों के ख़िलाफ़ कितनी जंगें लड़ीं." बहरहाल 1967 के चुनाव कांग्रेस जीत तो गई, लेकिन उसे सीटों का नुक़सान उठाना पड़ा.

वी.कृष्णा अनंत के मुताबिक 1967 के चुनाव ने भारत की सामाजिक व राजनीतिक संरचना को ख़ासी ठेस पहुंचाई, जिसके बाद में दुष्परिणाम दिखते रहे. इस चुनाव में "गठबंधन, समझौतों के साथ धर्म, जाति आदि के नाम पर भी वोट मांगे गए," नतीजतन सन् 1947 से एक साझा परिवार की तरह रहते आए भारत को इससे अपूरणीय क्षति पहुंची. वरिष्ठ राजनेताओं द्वारा इस तरह के हथकंडे अपनाए जाने का जवाब इंदिरा ने ख़ामोशी से दिया.

इंदिरा गांधी जी : सवाल : बैंकों का राष्ट्रीयकरण के बारे में बताओ ?

विवेक कुमार पांडे : एक तो यह कि देश के राजे-महाराजों की संपत्तियां उन्होंने भारत सरकार में शामिल कर लीं तथा दूसरा देश के बड़े बैंकों को राष्ट्रीयकृत कर दिया. एक झटके में 14 बड़े बैंकों का राष्ट्रीयकरण अपनेआप में बड़ी घटना थी, जिसने आम नागरिकों का दिल जीत लिया. इंदिरा के इस कदम से आमजन कितने उत्साहित थे, इसका अंदाज़ा 'शू शाइन बॉयज यूनियन' द्वारा दिए गए एक ऑफर से लगाया जा सकता है. यूनियन की ओर से घोषणा की गई थी कि कांग्रेस अधिवेशन में शामिल होने वाले ऑल इंडिया कांग्रेस कमेटी के तमाम प्रतिभागियों के जूतों पर मुफ्त में पॉलिश की जाएगी. राष्ट्रीयकृत की जाने वाली बैंकों में सबसे बड़ी सेंट्रल बैंक थी. टाटा द्वारा नियंत्रित इस बैंक में 4 अरब से अधिक रुपए जमा थे. सबसे छोटी महाराष्ट्र बैंक में भी 70 करोड़ रूपए जमा थे. ये उस दौर के मान से बहुत बड़ी-बड़ी रकमें थीं.

एक झटके में 14 बड़े बैंकों का राष्ट्रीयकरण अपनेआप में बड़ी घटना थी, जिसने आम नागरिकों का दिल जीत लिया. इंदिरा के इस कदम से आमजन कितने उत्साहित थे, इसका अंदाज़ा 'शू शाइन बॉयज यूनियन' द्वारा दिए गए एक ऑफर से लगाया जा सकता है.

'गरीबी हटाओ' वाले नारे के साथ सन् 1971 में इंदिरा गांधी सत्ता में वापस लौटीं. एक शक्तिशाली प्रधानमंत्री के रूप में वे स्थापित थीं. इसी दौरान उन्होंने पाकिस्तान के दो टुकड़े कर के दिखाए. इससे इंदिरा को पूरे देश ने सिर आंखों पर बिठा लिया. इतना ही नहीं तब भारतीय जनसंघ के नेता अटल बिहारी वाजपेयी ने उन्हें 'दुर्गा' की उपाधि से भी नवाजा. पाकिस्तान पर भारत की भारी-भरकम जीत राष्ट्र के लिए गौरव का विषय थी. इसे 1962 में चीन से मिले घाव की भरपाई भी माना गया. सन् 1974 में भारत द्वारा पोखरण में किए गए परमाणु परीक्षण ने इंदिरा का रुतबा देश व संसार में और बढ़ा दिया. इसके बाद 1975 में सिक्किम के भारत में विलय से उनकी छवि एक महान नेता की हो गई.

कांग्रेस के वरिष्ठ नेताओं से मिले कड़वे अनुभवों के कारण उन्होंने कांग्रेस को पूरी तरह नियंत्रण में लेने के प्रयास शुरू कर दिए. कई राज्यों के मुख्यमंत्रियों को हटा कर वहां उन्होंने अपनी पसंद के मुख्यमंत्री बिठाए. जैसे राजस्थान में मोहनलाल सुखाड़िया की जगह बरकतुल्लाह ख़ान तो मध्यप्रदेश में श्यामाचरण शुक्ला के स्थान पर प्रकाशचंद सेठी को गद्दी सौंप दी गई. पार्टी फंड को भी उन्होंने अपने कब्ज़े में कर लिया.

इंदिरा गांधी जी : सवाल : क्या इंदिरा गांधी जी के बेटे संजय ने बढ़ाई मुश्किल ?

विवेक कुमार पांडे : क्रेवी स्थित विश्वविख्यात कार निर्माता कंपनी रोल्स रॉयस से प्रशिक्षित होकर सन् 1969 में इंदिरा का छोटा बेटा संजय गांधी इंग्लैंड से लौटा. यहां आकर उसने छोटी व सस्ती कार बनाने का लाइसेंस लेने के लिए आवेदन दिया. साथ ही तब 23 साल के संजय ने अपने इस प्रोजेक्ट के लिए लोन लेने का आवेदन भी दे दिया, ताकि उसे लाइसेंस जारी किया जा सके. इससे स्वाभाविक ही प्रधानमंत्री पर अपनी संतान को लाभ पहुंचाने के आरोप लगने लगे. मामला संसद में उठाया गया और सदन ने देखा कि इंदिरा मुंह बनाए बहस सुनती रहीं और कंधे झटक कर उन्होंने सारी आलोचनाओं को दरकिनार कर दिया. परंतु बात इतने पर ही नहीं रुकी. हरियाणा में बंसीलाल के अधीन चल रही कांग्रेस सरकार ने संजय के इस कारख़ाने के लिए 300 एकड़ से ज्यादा ज़मीन आवंटित कर दी. इसके लिए लगभग 15 हजार किसानों से उनकी ज़मीन छीन ली गई. 1973 तक इंदिरा गांधी के मुख्य़ सचिव रहे पी.एन.हक्सर ने इस भूमि अधिग्रहण का विरोध किया, तो उन्हें हटा दिया गया.

उधर देश के राजनीतिक परिदृश्य पर स्वतंत्रता संग्राम सेनानी जयप्रकाश नारायण का उदय होने लगा. जेपी के नाम से मशहूर जयप्रकाश नारायण तब

बिहार में सार्वजनिक जीवन से दूर अपनी दीनचर्या में व्यस्त थे. 1973 में उन्होंने निज अधिकारों तथा जनतांत्रिक मूल्यों की रक्षा का आह्वान करते हुए कई सांसदों को पत्र लिखे. उन्होंने 'गणतंत्र के लिए आमजन' नाम से एक समूह भी बना लिया, जिसमें दिन-प्रतिदिन सरकार के कामकाज से असंतुष्ट लोग शामिल होने लगे. सरकार से नाराज़ इन लोगों की संख्या बढ़ती जा रही थी. संजय गांधी के मनमाने कामकाज इस समूह का मुख्य निशाना हुआ करते थे.

हरियाणा में बंसीलाल के अधीन चल रही कांग्रेस सरकार ने संजय के इस कारख़ाने के लिए 300 एकड़ से ज्यादा ज़मीन आवंटित कर दी. इसके लिए लगभग 15 हजार किसानों से उनकी ज़मीन छीन ली गई.

संजय गांधी की बढ़ती सक्रियता के साथ ही कांग्रेस के भीतर एक गुट पनपने लगा, जो प्रधानमंत्री कार्यालय के समानांतर काम कर रहा था. संजय के कमरे में अलग से एक टेलीफ़ोन लाइन डाल ली गई थी इस फोन द्वारा प्रधानमंत्री पुत्र की ओर से महत्वपूर्ण लोगों, पदाधिकारियों को सीधे दिशा निर्देश जारी किए जाते थे. इसमें कई बार तो इंदिरा गांधी को अपने पुत्र व उसके गिरोह की ऐसी असंवैधानिक करतूतों का पता तक नहीं होता था.

इंदिरा गांधी जी : सवाल : इंदिरा ने 'राष्ट्रीय सुरक्षा को ख़तरा' बताते हुए आपातकाल की घोषणा क्यों कर दी ?

विवेक कुमार पांडे : 12 जून 1975 को इलाहाबाद हाईकोर्ट ने अपने एक महत्वपूर्ण फैसले में रायबरेली से इंदिरा गांधी के निर्वाचन को (1971 के चुनाव) चुनावी धांधली के कारण शून्य घोषित कर दिया. यही नहीं न्यायालय ने इंदिरा को आगामी छह साल तक किसी भी संवैधानिक पद के लिए भी अयोग्य घोषित कर दिया. ऐसे कठिन समय में इंदिरा के एक निकटस्थ सलाहकार सिद्धार्थ शंकर रे ने संविधान के अनुच्छेद 352 के तहत देश में आंतरिक आपातकाल लगाने की सलाह दी. उधर 25 जून 1975 को जेपी, मोरारजी देसाई व अन्य दिग्गज नेताओं ने इंदिरा गांधी को पद से हटाने के लिए दिल्ली के रामलीला मैदान में एक बड़ी जनसभा का आयोजन किया. इसमें जेपी ने एक ज़िद्दी व मनमानी पर उतारू सरकार को पदच्युत करने के लिए लोगों से असहयोग आंदोलन चलाने का आह्वान किया. इसकी अगली सुबह ही इंदिरा ने 'राष्ट्रीय सुरक्षा को ख़तरा' बताते हुए आपातकाल की घोषणा कर दी.

भारत जैसे विकासशील देश में आपातकाल कोई असामान्य बात नहीं थी. ब्रिटेन में तो एडवर्ड हीथ सरकार ने अपने कार्यकाल में पांच बार इमर्जेंसी लगाई थी. 1962 व 1971 में हुए युद्ध के समय भारत में भी 'बाह्य' आपातकाल की

घोषणा की गई थी, लेकिन 1975 की गर्मियों में लगाए गए आपातकाल को उचित नहीं ठहराया जा सकता. बहरहाल, आपातकाल की समीक्षा के लिए बनाए गए शाह आयोग ने 1978 में अपनी रिपोर्ट प्रस्तुत कर दी. इसमें उल्लेख़ किया गया था कि उस समय देश में संविधान को ऐसा कोई बड़ा ख़तरा नहीं था, न ही कानून व्यवस्था कि स्थिति ऐसी चिंतनीय थी कि आपातकाल लागू कर दिया जाए.

उधर 25 जून 1975 को जेपी, मोरारजी देसाई व अन्य दिग्गज नेताओं ने इंदिरा गांधी को पद से हटाने के लिए दिल्ली के रामलीला मैदान में एक बड़ी जनसभा का आयोजन किया. इसमें जेपी ने एक ज़िद्दी व मनमानी पर उतारू सरकार को पदच्युत करने के लिए लोगों से असहयोग आंदोलन चलाने का आह्वान किया.

जनवरी 1977 में इंदिरा को महसूस हुआ कि इमर्जेंसी हटा देनी चाहिए. उन्होंने पहले से पंगु हो चुकी लोकसभा को भंग किया और नए चुनाव की घोषणा कर दी. तमाम राजनीतिक कैदियों को भी रिहा कर दिया गया और देश चुनाव की तैयारियां करने लगा. इमर्जेंसी लगाना गलत था, फिर भी वह देश को भरपाई न हो सकने जैसा नुकसान न पहुंचा सकी. आपातकाल में भी वैयक्तिक व राजनीतिक स्वतंत्रता बरकरार थी तथा राजनीतिक प्रतिद्वंद्वियों को गोलियों से नहीं उड़ाया गया.

यहां तक कि सबसे डरावने 42वें संशोधन द्वारा भी सुप्रीम कोर्ट के अधिकार कम नहीं किए जा सके, न ही चुनाव ख़त्म किए जा सके. बाद में जनता पार्टी सरकार के कार्यकाल में इस संशोधन को ख़त्म कर दिया गया. संक्षेप में यह कि इंदिरा व संजय द्वारा तानाशाही का जो खेल खेलने की कोशिश की गई, उसने भारतीय आमजन को आगाह कर दिया कि उनके जनतंत्र को कैसे ख़तरा उत्पन्न हो सकता है.

1977 के चुनाव में कांग्रेस को शर्मनाक हार का सामना करना पड़ा. इंदिरा गांधी व संजय दोनों चुनाव हार गए. उत्तर प्रदेश में तब लोकसभा की 84 सीटें थीं, वहां से कांग्रेस को एक सीट भी नहीं मिल पाई. पूरे उत्तर भारत में कांग्रेस की यही हालत थी. इंदिरा को इस पराजय का आभास हो गया था. रायबरेली की अपनी सीट के लिए चुनाव प्रचार के दौरान उन्होंने लंदनवासी उद्योगपति स्वराज पॉल से मालूम करने का बोला कि इस सीट की बाबत बीबीसी के प्रख्यात संवाददाता मार्क टुली की क्या राय है. टुली ने स्पष्ट कह दिया कि वे हार रही हैं. डिनर टेबल पर इंदिरा ने पॉल से टुली के आकलन पूछा तो पॉल ने दबे शब्दों में हिचकिचाते हुए स्थिति बताई. मगर उन्हें आश्चर्य हुआ जब इंदिरा ने बिना विचलित हुए, शांत भाव से

स्वीकार किया कि 'उनका आकलन सही है.'

इस लोकसभा चुनाव में कांग्रेस महज 153 सीटों पर ठहर गई, जबकि जनता पार्टी को 298 सीटें मिलीं. इस जनता पार्टी में कांग्रेस (ओ), भारतीय जनसंघ, संयुक्त सोशलिस्ट पार्टी व भारतीय लोकदल शामिल थे. चुनाव से बमुश्किल एक महीने पहले जल्दबाज़ी में जनता पार्टी बनाई गई थी. इसमें समाजवादी व दक्षिणपंथी विचारधारा का मिश्रण साफ़ नज़र आ रहा था. राष्ट्रीय स्वयंसेवक संघ के समर्थन प्राप्त दल जनसंघ का जनता पार्टी में ख़ासा महत्व था. इसीलिए जब जनता पार्टी की सरकार बनी तो जनसंघ के नेता अटल बिहारी वाजपेयी व लालकृष्ण आडवाणी को महत्वपूर्ण मंत्रालयों का प्रभार सौंपा गया.

टुली ने स्पष्ट कह दिया कि वे हार रही हैं. डिनर टेबल पर इंदिरा ने पॉल से टुली के आकलन पूछा तो पॉल ने दबे शब्दों में हिचकिचाते हुए स्थिति बताई. मगर उन्हें आश्चर्य हुआ जब इंदिरा ने बिना विचलित हुए, शांत भाव से स्वीकार किया कि 'उनका आकलन सही है.'

दिलचस्प बात यह है कि जनता पार्टी की सरकार के अवसान में भी आरएसएस का बड़ा योगदान रहा. जनता पार्टी में शामिल चरण सिंह व अन्य समाजवादी नेताओं ने सरकार में शामिल लोगों के अन्य संगठनों से संबद्ध होने का मुद्दा उठाया. जनता पार्टी बनाते समय तय किया गया था कि इसके सदस्य किसी ऐसे संगठन से संबंध नहीं रखेंगे, जिसके उद्देश्य जनता पार्टी से भिन्न हों. सो बागी धड़े ने प्रधानमंत्री मोरारजी देसाई से जनसंघ के नेताओं को हटाने की मांग की, जिनका सीधा संबंध आरएसएस से था. जनता पार्टी में निहित इन्हीं विरोधाभासों, वैचारिक मतभेद, उसके नेताओं की आपसी रस्साकशी का फायदा उठा कर 1980 में इंदिरा गांधी ने वापस सत्ता हासिल कर ली.

इंदिरा गांधी जी : बहुत ही ज्यादा विस्तार में बता दिया बेटा तुमने।

विवेक कुमार पांडे : जी आपका आशीर्वाद है इसलिए।

इंदिरा गांधी जी : अगला सवाल : ये कहो ना पंजा है ? इस कहानी को भी विस्तार से बताओ ?

विवेक कुमार पांडे : जी बताता हूं। 1970 के दशक में धर्म निरपेक्षता और समाजवाद को विस्तार देने का उनका जो रूझान दिखाई पड़ता था, वह अब गायब हो चुका था. देश की बहुसंख्यक आबादी यानी हिंदुओं या हिंदू वोटों को आकर्षित करने पर उनकी नज़र था. विश्व हिंदू परिषद् की 'एकात्मता यात्रा' को रवाना करने वाले समारोह में उनकी उपस्थिति इस सिलसिले का पहला कदम कहा जा सकता है. उनके निकटस्थ सीएम स्टीफ़न ने 1983 में घोषणा की कि "हिंदू संस्कृति व

कांग्रेस की संस्कृति एक समान है." अपनी हत्या से कोई छह माह पहले उन्होंने देश के बहुसंख्यक समुदाय को आश्वस्त करते हुए कहा था, "उनके साथ होने वाले किसी भी तरह के अन्याय से देश के एकता ख़तरे में पड़ जाएगी."

इंदिरा गांधी उनकी बात ठीक से समझ नहीं पा रही थीं. बूटा सिंह 'हाथ' कह रहे थे उधर इंदिरा गांधी 'हाथी' समझे जा रही थीं. वे इसके लिए बार-बार मना कर रही थीं और बूटा सिंह उन्हें निरंतर समझाने की कोशिश में लगे थे कि वे हाथी की नहीं, 'हाथ' की बात कर रहे हैं. तंग आ कर इंदिरा ने फोन राव को थमा दिया.

आज़ादी के बाद कांग्रेस की पहली हार से पार्टी के कई नेता टूटने लगे, लेकिन इंदिरा के भीतर मौजूद योद्धा विचलित नहीं था. कांग्रेस के तत्कालीन अध्यक्ष ब्रह्मानंद रेड्डी ने सन् 1978 के पहले दिन ही इंदिरा को पार्टी से निष्कासित करने की घोषणा कर दी. तब इंदिरा ने अपने समर्थकों को लिया और नई कांग्रेस की घोषणा कर दी. इसे तब इंदिरा कांग्रेस या कांग्रेस (आई) कहा जाने लगा. रेड्डी की पार्टी कांग्रेस (आर) हो गई. लोकसभा में कांग्रेस के 153 सांसदों में से 76 इंदिरा की उस पार्टी में आ गए, जिसका अभी कोई कार्यालय तक नहीं था. यही नहीं इस आपसी विवाद में पार्टी का चिन्ह गाय-बछड़ा भी दोनों के हाथ से जाता रहा.

उन्हीं दिनों इंदिरा गांधी पी.वी. नरसिम्हा राव के साथ विजयवाड़ा के दौरे पर थीं. 24 अकबर रोड स्थित इंदिरा गांधी का निवास स्थल कांग्रेस कार्यालय के रूप में भी काम आ रहा था. कार्यालय का कामकाज देख रहे अखिल भारतीय कांग्रेस कमेटी के महासचिव बूटा सिंह ने चुनाव आयोग में पार्टी चिन्ह के लिए आवेदन दिया. आयोग ने तत्काल ही उनके सामने हाथी, साइकल व पंजे के रूप में तीन विकल्प रख दिए. इस पर असमंजस में पड़े बूटा सिंह ने इंदिरा गांधी से चुनाव चिन्ह पर सहमति लेने के लिए फोन बुक किया. संभवतः टेलीफ़ोन लाइन ठीक काम नहीं कर रही थी, शायद कुछ असर बूटा सिंह के लहज़े का भी होगा कि इंदिरा गांधी उनकी बात ठीक से समझ नहीं पा रही थीं. बूटा सिंह 'हाथ' कह रहे थे उधर इंदिरा गांधी 'हाथी' समझे जा रही थीं.

वे इसके लिए बार-बार मना कर रही थीं और बूटा सिंह उन्हें निरंतर समझाने की कोशिश में लगे थे कि वे हाथी की नहीं, 'हाथ' की बात कर रहे हैं. तंग आ कर इंदिरा ने फोन राव को थमा दिया. एक दर्जन से ज़्यादा भाषाओं के जानकार राव तुरंत ही समझ गए कि बूटा सिंह क्या कह रहे हैं. उन्होंने इसे और स्पष्ट करने के लिए तेज़ आवाज में बूटा सिंह से कहा, यह कहो न पंजा है. इतना सुनते ही इंदिरा ने चैन की सांस ली और फोन वापस ले कर हाथ के पंजे पर तुरंत अपनी सहमति दे दी.

इंदिरा गांधी जी : सवाल : इंदिरा गांधी ने देश के लिए क्या किया?

विवेक कुमार पांडे : 1971 के चुनाव के बाद गांधी की सबसे बड़ी उपलब्धि दिसंबर 1971 में भारत-पाकिस्तान युद्ध में पाकिस्तान पर भारत की निर्णायक जीत के साथ आई, जो बांग्लादेश मुक्ति युद्ध के अंतिम दो हफ्तों में हुई, जिसके कारण स्वतंत्र बांग्लादेश का गठन हुआ।

इंदिरा गांधी जी : सवाल : इंदिरा गांधी ने कौन सा नारा दिया था?

विवेक कुमार पांडे : गरीबी हटाओ देश बचाओ का नारा 1971 के आम चुनाव में इंदिरा गांधी ने दिया था। बाद में उनके बेटे राजीव गांधी ने भी इस नारे का उपयोग किया।

इंदिरा गांधी जी : सवाल : इंदिरा गांधी को जवाहरलाल नेहरू ने धरती के बारे में क्या बताया?

विवेक कुमार पांडे : उनकी बेटी इंदिरा जब 10 वर्ष की थीं, नेहरू जी ने उन्हें अनेक चिट्ठियाँ लिखीं। इनमें बताया गया है कि पृथ्वी की शुरुआत कैसे हुई और मनुष्य ने अपने आप को कैसे धीरे-धीरे समझा-पहचाना। ये चिट्ठियाँ बच्चों में अपने आस-पास की दुनिया के बारे में सोचने-समझने और जानने की उत्सुकता पैदा करती हैं।

इंदिरा गांधी जी : सवाल : श्रीमती इंदिरा गांधी के द्वारा ऑपरेशन ब्लू स्टार कब और किस वर्ष में चलाया गया था?

विवेक कुमार पांडे : आपरेशन ब्लू स्टार भारतीय सेना द्वारा 3 से 6 जून 1984 को अमृतसर (पंजाब, भारत) स्थित हरिमंदिर साहिब परिसर को ख़ालिस्तान समर्थक जनरैल सिंह भिंडरावाले और उनके समर्थकों से मुक्त कराने के लिए चलाया गया अभियान था।

इंदिरा गांधी जी : सवाल : ऑपरेशन ब्लू स्टार के समय भारत के राष्ट्रपति कौन थे?

विवेक कुमार पांडे : धवन के निवास पर फोन किया. उन्होंने इंदिरा गांधी तक यह संदेश पहुंचाने को कहा कि ऑपरेशन कामयाब रहा, लेकिन बड़ी संख्या में सैनिक और असैनिक मारे गए हैं. 7 जून, 1984: सेना ने हरमंदिर साहिब परिसर पर प्रभावी कब्जा जमा लिया. 8 जून, 1984: तत्कालीन राष्ट्रपति जैल सिंह ने स्वर्ण मंदिर का दौरा किया.

इंदिरा गांधी जी : सवाल : ऑपरेशन ब्लू स्टार में कितने लोग मारे गए?

विवेक कुमार पांडे : सेना के 83 जवान ऑपरेशन में हुए थे शहीद

आधिकारिक आंकड़ों के मुताबिक ऑपरेशन ब्लू स्टार के दौरान भारतीय सेना के 83 जवान शहीद हुए थे. वहीं 248 घायल हुए थे. जबकि इस दौरान 500 से ज्यादा आतंकी मारे गए थे जिसमें भिंडरावाले भी शामिल था.

आप कहे तो पुरी जानकारी दे दु ऑपरेशन ब्लू स्टार कि।

इंदिरा गांधी जी : हा जरूर ।

विवेक कुमार पांडे : आज से 37 साल पहले जून के पहले सप्ताह में अमृतसर के हरमंदर साहब(स्वर्ण मंदिर) प्रांगण में जो वाकया हुआ था वो आजादी के बाद भारतीय इतिहास के सबसे सियाह पन्ने के रूप में आज भी दर्ज है.

वो ऐसी घटना थी जिसने पूरे भारत को झखझोर कर रख दिया था. जरनैल सिंह भिंडरावाले की मौत के साथ ऑपरेशन ब्लू स्टार सफल रहा था लेकिन उसकी बड़ी कीमत आगे चलकर देश को प्रधानमंत्री इंदिरा गांधी की शहादत के रूप में चुकानी पड़ी थी.

इस पूरी घटना के केंद्र में जरनैल सिंह भिंडरावाले था. जिसका ताकतवर होना कांग्रेस की उस सोच का नतीजा था जो पंजाब में शिरोमणी अकाली दल को किसी भी कीमत पर कमजोर करके अपने लिए राजनीतिक राह तैयार करना चाहती थी. लेकिन जगह का काट जहर से ढूंढना कांग्रेस को भारी पड़ गया और उसकी राजनीतिक महत्वकाक्षा की कीमत देश को चुकानी पड़ी.

ऑपरेशन ब्लू स्टार की 37वीं बरसी पर उस सियाह पन्ने को फिर से पलटकर जानने की कोशिश करें कि मामले की जड़ में क्या था और कैसे एक साधारण सिख युवक भारत सरकार के लिए परेशानी का सबब बन गया. जिसे बचाने के लिए पंजाब का हर एक शख्स अपनी जान देने को तैयार था.

*आजादी के बाद सिखों को थी संस्कृति और भाषा के वजूद की चिंता

इस पूरे विवाद की शुरुआत आजादी के बाद शुरू होती है. ये वो दौर था जब अंग्रेजों द्वारा किए गए बंटवारे के बाद पंजाब के दो टुकड़े हो गए. जिसका बड़ा हिस्सा नव गठित पाकिस्तान के साथ चला गया.

बंटवारे के दौरान बहुत खून खराबा हुआ और बड़ी संख्या में सिख, हिंदू और सिंधी पाकिस्तान से भारत आ गए. ऐसे में पंजाबियों को अपनी संस्कृति और भाषा के वजूद की चिंता सताने लगी.

*आजादी के बाद शुरू हुई सिखों के अलग राज्य की मांग

हालांकि अंग्रेजों के ही दौर में साल 1920 में सिखों की धार्मिक संस्था की राजनीतिक शाखा के रूप में अकाली दल का गठन हो चुका था. ऐसे में आजादी के बाद भाषाई आधार पर जब राज्यों का पुनर्गठन हुआ तब सिख बहुल्य राज्य बनाए

जाने की मांग की गई थी. लेकिन उनकी इस मांग को इस आधार पर दरकिनार कर दिया दया कि ये पॉपुलर डिमांड नहीं है केवल कुछ संगठन ऐसी मांग कर रहे हैं.

ये बात तब कही गई थी जब पंजाब में पंजाब का मौजूदा हिस्सा, हरियाणा, हिमाचल प्रदेश और राजधानी दिल्ली आती थी. ऐसे में सिखों की संख्या हिंदुओं के मुकाबले कम थी. सिखों का मानना था कि पंजाब के संसाधनों पर पहले पंजाबियों का हक है. ऐसे में देश में बनने वाले बांध और नहरों पर उन्हें ज्यादा हक और स्वायत्ता दी जानी चाहिए.

1956 में हिमाचल को केंद्र शासित प्रदेश घोषित कर दिया गया लेकिन पंजाब को अलग राज्य घोषित करने में केंद्र सरकार को 10 साल लंबा वक्त लग गया. साल 1965 में हुए भारत पाकिस्तान युद्ध के बाद पंजाब, हरियाणा का गठन हुआ. अब जाकर सिखों की लंबे समय से हो रही अलग राज्य की मांग पूरी हुई.

अकाली दल ने पंजाब के गठन के लिए इस मांग को भाषा के आधार पर रखा था न कि धर्म के आधार पर. इसलिए सरकार ने उनकी इस मांग को स्वीकार कर लिया.

इसके बाद पंजाब के प्रवासी विदेश(ब्रिटेन, कनाडा और अमेरिका) चले गए जहां पर 1970 में खालिस्तान आंदोलन की शुरुआत हुई. जगजीत सिंह चौहान जैसे कुछ नेताओं ने विदेशी धरती पर खालिस्तान के अलग देश के रूप में गठन का ऐलान कर दिया और वहीं पर मुद्रा भी जारी कर दी. लेकिन अकाली दल ने कभी भी अलग खालिस्तान की मांग नहीं की थी. अकाली दल स्वायत्ता चाहता था लेकिन अगल देश की मांग उसने कभी नहीं की.

*1973 का आनंदपुर साहिब प्रस्ताव

ऐसे में सन 1973 में आनंदपुर साहिब में एक महत्वपूर्ण घटना घटी. यहां हुई बैठक में एक प्रस्ताव पारित किया गया जिसमें राजनीतिक, आर्थिक और सामाजिक मुद्दे शामिल थे. अकाली दल का मानना था कि सिख समुदाय की पहचान, वजूद और संस्कृति को बचाए रखना होगा. केंद्र सरकार को राज्यों के काम में ज्यादा हस्तक्षेप नहीं करना चाहिए. केंद्र सरकार को फेडेरल स्ट्रक्चर के अनुरूप राज्यों को पूरी ताकत देना चाहिए.

अकाली दल के आनंदपुर प्रस्ताव में सात बातें महत्वपूर्ण थीं. पहला चंडीगढ़ को पंजाब को दे दिया जाए. जबकि केंद्र मे चंडीगढ़ को हरियाणा और पंजाब की संयुक्त राजधानी घोषित किया था. वहीं हरियाणा के पंजाबी बोले जाने वाले कुछ इलाकों को पंजाब में शामिल किया जाए.

तीसरी मांग यह थी कि मौजूदा संविधान के अंतर्गत राज्यों को और अधिक अधिकार दिए जाएं और राज्यों के काम में केंद्र के दखल को कम किया जाए. पंजाब में औद्योगीकरण और लैंड रिफॉर्म हो. वहीं कमजोर तबके के लोगों के हितों का ख्याल रखा जाए.

इसके अलावा अकाली दल ने मांग रखी कि अखिल भारतीय गुरुद्वारा प्रबंधक कमिटी का गठन किया जाए. साथ ही पंजाब के बाहर अल्पसंख्यकों के रूप में रह रहे सिखों के अधिकारों की पूरी रक्षा की जाए. इसके अलावा फौज में सिखों की भर्ती ज्यादा संख्या में होनी चाहिए. और मौजूदा कोटा सिस्टम को खत्म किया जाए.

* भिंडरेवाले का उदय

1973 के आनंदपुर साहब में पारित इस प्रस्ताव को हर किसी ने भुला दिया था लेकिन इसे साल 1982 में फिर से हवा जरनैल सिंह भिंडरेवाला ने दी. जरनैल सिंह भिडरेवाले को 1977 सिखों की धर्म प्रचार की प्रमुख शाखा दमदमी टकसाल का मुखिया नियुक्त किया गया था. उस समय तक दमदमी टकसाल का निरंकारियों से सीधा टकराव हो चुका था.

पारंपरिक रूप से सिखों का मानना है कि गुरु ग्रंथ साहब 11वें और आखिरी गुरु हैं जो अनंत काल तक बने रहेंगे. गुरु गोविंद सिंह के बाद और कोई इंसान गुरु का पद ग्रहण नहीं कर सकता. निरंकारी सिख इस बात को नहीं मानते हैं.

ऐसे में 1978 में में वैशाखी के दिन सिखों और निरंकारी सिखों के बीच खूनी झड़प हो गई. इस घटना में 13 निरंकारियों की जान गई और इसके बाद पंजाब हमेशा के लिए बदल गया और दोबारा पहले जैसा कभी नहीं हो पाया.

*आपातकाल के बाद पंजाब में अकाली हुए सत्ता पर काबिज

1975 में इंदिरा गांधी ने देश में आपातकाल लगा दिया था जो कि 1977 तक लागू रहा. इसके बाद हुए चुनावों में कांग्रेस को हार का सामना करना पड़ा और देश में जनता पार्टी की सरकार बनी. पंजाब में भी सत्ता कांग्रेस के हाथ से निकलकर अकाली दल के हाथ में आ गई. पंजाब में अकाली दल सत्ता हासिल करने के बाद ज्यादा हावी होने लगा.

* अकालियों के काट की कांग्रेस को थी तलाश

ऐसे में उसे काटने के लिए कांग्रेस को एक ऐसे नेता की जरूरत थी जो अकालियों का विरोध कर सके. ऐसे में पंजाब के पूर्व मुख्यमंत्री ज्ञानी जैल सिंह की सलाह पर संजय गांधी और इंदिरा गांधी ने ऐसे व्यक्ति की तलाश शुरू कर दी जिसका व्यक्तित्व करिश्माई हो और जिससे कि सिख अकाली दल की ओर न जाकर उसकी तरफ आए.

* भिंडरावाले बना कांग्रेस का राजनीतिक हथियार

कांग्रेस की ये तलाश जरनैल सिंह भिंडरावाले पर आकर खत्म हुई. इसके बाद कांग्रेस ने भिंडरावाले को पंजाब की धार्मिक राजनीति में बढ़ावा देने के लिए हर तरह की मदद की.

भिंडरावाले ने गुरुद्वारा प्रबंधक कमिटी में अपने उम्मीदवार खड़े करने शुरू किए. उन उम्मीदवारों का कांग्रेस ने समर्थन किया. इस तरह कांग्रेस ने भिंडरावाले की पंजाब और सिखों के बीच मजबूती से पैर जमाने में मदद की.

*दरबारा सिंह ने की थी भिंडरावाले की लगाम खींचने की मांग

जनता पार्टी की सरकार के गिरने के बाद 1980 में फिर से चुनाव हुए तब पंजाब में एक बार फिर कांग्रेस की सरकार बनी. ऐसे में दरबारा सिंह मुख्यमंत्री बने तो उन्होंने कहा कि भिंडरावाले को रोका जाए और दबाया जाए लेकिन कांग्रेस नेतृत्व इसके पक्ष में नहीं था.

*भिंडरेवाला के समर्थकों ने की निरंकारी बाबा गुरबचन सिंह की हत्या

ऐसे में भिंडरावाले का प्रभाव बढ़ता चला गया. 1980 में भिंडरावाले और उनके समर्थकों पर निरंकारी बाबा गुरबचन सिंह की हत्या का आरोप लगा. इसके बाद 1981 में भाषा का मुद्दा जनगणना के दौरान अहम हो गया. हिंदी के आगे पंजाबी के पिछड़ने का डर सिखों को था. पंजाब केसरी ने अपने लेखों में लिखा कि पंजाब में रहने वाले हिंदु हिंदी को अपनी मातृभाषा बताएं न कि पंजाबी को. इस कारण पंजाब केसरी के मालिक लाला जगत नारायण की हत्या कर दी गई.

* हिंदी-पंजाबी विवाद में की पंजाब केसरी के मालिक की हत्या

इस मामले में भिंडरावाले को पुलिस ने गिरफ्तार कर लिया लेकिन राज्य में गिरफ्तारी के विरोध में हिंसा शुरु होने के कुछ दिन बाद भिंडरावाले को छोड़ दिया गया. लेकिन इस घटना के बाद भिंडरावाले का कद अचानक से सिख राजनीति में बहुत बड़ा हो गया. इस घटना के बाद उनके कट्टर अनुयायियों की संख्या में तेजी से बढ़ोत्तरी हुई.

इस बारे में एक बार भिंडरावाले ने अनौपचारिक रूप से कहा था कि जो काम मैं सालों में नहीं कर पाया वो दो दिन जेल में रहने से पूरा हो गया.

* 1982 में साथ आए भिंडरावाले और अकाली

1982 में भिंडरावाले और अकालियों के बीच साथ काम करने पर सहमति बन गई. अकाली दल के संत हरचंद सिंह लोंगोवाल और भिंडरेवाले के बीच सहमति के बाद धर्मयुद्ध मोर्चा की शुरुआत हुई. जिसका मुख्य उद्देश्य 1973 के आनंदपुर साहब प्रस्ताव की मांगों को पूरा करवाना था.

ऐसे में जब भिंडरावाले कांग्रेस के हाथ से निकल गया तो राज्य की सत्ता पर काबिज कांग्रेस सरकार ने इस आंदोलन को रोकने की पुरजोर कोशिश की. इस दौरान तकरीबन 100 लोगों की जान चली गई. तकरीबन 30 हजार लोगों को इस दौरान गिरफ्तार किया गया.

*एशियाई खेलों के दौरान प्रदर्शन की बनाई योजना

ऐसे में सिखों ने 1982 में दिल्ली में होने वाले नौवें एशियाई खेलों के आयोजन में व्यवधान डालने की योजना बनाई. ऐसे में पंजाब से हरियाणा और दिल्ली की ओर आने वाले सभी सिखों की तलाशी ली जाने लगी. इस दौरान रिटायर्ड सैन्य अधिकारियों की भी तलाशी ली गई. ऐसे में चुन चुन कर तलाशी लिए जाने की वजह से सिखों में नाराजगी हो गई.

*पुलिस अधिकारी की कर दी गई स्वर्ण मंदिर की सीढ़ियों पर हत्या

1983 में धर्मयुद्ध मोर्चा के खिलाफ कड़ी कार्रवाई करने वाले आईपीएस अधिकारी एएस अटवाल की स्वर्ण मंदिर की सीढ़ियों के पास हत्या कर दी गई. पुलिस के अंदर भिंडरेवाले का इतना खौफ था कि अपने अधिकारी की लाश को उठाने 2 घंटे तक पुलिस का कोई कर्मचारी नहीं पहुंचा.

* 1983 में पंजाब में लगाया गया राष्ट्रपति शासन

इसके बाद पंजाब में हिंदू और पंजाबियों के बीच विवाद पैदा हो गया. अक्टूबर 1983 में एक बस में सवार 6 हिंदुओं की हत्या कर दी गई. इसके बाद पंजाब में स्थिति के नियंत्रण से बाहर जाता देख राष्ट्रपति शासन लगा दिया गया. सीएम दरबारा सिंह जो भिंडरावाले पर लगाम लगाना चाहते थे उनकी सरकार को इंदिरा गाधी ने बर्खास्त कर दिया.

* भिंडरावाले ने किया अकाल तख्त पर कब्जा

इसके बाद भिंडरावाले और उनके समर्थकों ने हरमंदर साहब परिसर के अंदर हथियार इकट्ठे करना शुरू कर दिया. बड़ी मात्रा में वहां हथियार आता था. 15 दिसंबर, 1983 को भिंडरावाले ने अपने समर्थकों के साथ अकाल तख्त पर कब्जा जमा लिया.

इसके बाद इंदिरा गांधी ने भिंडरावाले के सामने बातचीत का प्रस्ताव रखा. अकाली गुट ने तो सरकार का प्रस्ताव स्वीकार कर लिया लेकिन भिंडरावाले ने इसे सिरे से खारिज कर दिया. भिंडरावाले ने अकालियों पर आरोप लगाया कि तुम राजनीतिक ताकत हासिल करने के लिए ऐसा कर रहे हो मुझे भारत सरकार का प्रस्ताव स्वीकार नहीं है.

1 जून को लगाया पंजाब में कर्फ्यू, इंदिरा ने कहा बातचीत का रास्ता है खुला

हिंदुओं और सिखों के बीच झड़प और गुरुद्वारों पर हमलों को बढ़ता देख 1 जून, 1984 पूरे पंजाब में कर्फ्यू लगा दिया. ऑपरेशन ब्लू स्टार से पहले पांच महीने में तकरीबन 300 लोगों की जान चली गई थी. ऐसे में भारत सरकार ने बड़ा कदम उठाने से पहले पंजाब में आने जाने पर पाबंदी लगा दी.

रेल, वायु और सड़क मार्ग बंद कर दिए गए. किसी भी तरह के संदेश भेजने पर पाबंदी लगा दी गई. सेना और अर्ध सैन्य बलों ने सारा नियंत्रण अपने हाथों में ले लिया और पत्रकारों को भी अमृतसर छोड़ने के लिए कह दिया गया. 1 जून को इंदिरा गांधी ने रेडियो पर अपना भाषण दिया और बातचीत का रास्ता खुले होने की बात कही.

3 जून को सिक्ख पांचवें गुरु का शहीदी दिवस होता है ऐसे में उस दिन स्वर्ण मंदिर में रोज की अपेक्षा ज्यादा श्रद्धालु मत्था टेकने आए थे. पुलिस और सरकारी तंत्र लोगों को मंदिर से वापस जाने के लिए कह रहा था लेकिन भिंडरावाले और उनके समर्थकों ने श्रद्धालुओं को मंदिर परिसर से बाहर नहीं निकलने दिया. शायद उनका इरादा लोगों को किसी भी तरह की कार्रवाई के समय लोगों को ढाल के रूप में इस्तेमाल करने का रहा होगा.

*प्रशिक्षित थे भिंडरावाले के समर्थक

भिंडरावाले के समर्थकों को हथियार चलाने और सैन्य बलों का सामना करने का प्रशिक्षण मेजर जनरल शाहबेग सिंह ने दिया था. शाहबेग ने बांग्लादेश की मुक्ति वाहिनी के लोगों को पाकिस्तानी सेना का सामना करने के लिए प्रशिक्षित किया था. उस अनुभव का उपयोग शाहबेग ने भिंडरावाले के समर्थकों को प्रशिक्षित करने में किया.

* कुलदीप सिंह बरार के हाथों में ऑपरेशन ब्लू स्टार की कमान

मेजर जनरल कुलदीप सिंह बरार के हाथों में ऑपरेशन ब्लू स्टार की कमान सौंपी गई थी. 5 जून की शाम दोनों पक्षों के बीच मुख्य लड़ाई शुरू हुई. सेना को पहले से ही ये निर्देश दिए गए थे कि हरमंदिर साहब को किसी तरह की क्षति नहीं पहुंचनी चाहिए. शुरुआत में सेना को इस बात का अंदाजा नहीं था की आतंकियों के पास आधुनिक हथियार हैं. उनके पास एंटी टैंक गन, रॉकेट लॉन्चर, मशीन गन थी. और वो सही पोजीशन पर घात लगाए बैठे थे.

* टैंक से दागे अकाल तख्त पर गोले

जब शुरुआत में ज्यादा संख्या में सैनिक घायल हुए तो मेजर बरार ने अपनी स्ट्रैटजी बदल दी और अकाल तख्त पर हमले के लिए टैंक मंगा लिए. इन टैंक का उपयोग रात में रोशनी करके भिंडरावाले और उसके समर्थकों पर निशाना लगाना

खा लेकिन जब बात इससे भी नहीं बनी तो अकाल तख्त के ऊपर टैंक से गोले दागे गए और इस दौरान भिंडरावाले की मौत हो गई. जांच में पाया गया कि टैंक से अकाल तख्त के ऊपर 80 से ज्यादा गोले दागे गए थे.

*सेना के 83 जवान ऑपरेशन में हुए थे शहीद

हमले के दौरान अकाल तख्त और पुस्तकालय को बड़ा नुकसान पहुंचा था. मिशन के पूरा होने के बाद जब स्वर्ण मंदिर परिसर की जांच की गई तो बड़ी मात्रा में पर वहीं हथियार मिले थे. आधिकारिक आंकड़ों के मुताबिक ऑपरेशन ब्लू स्टार के दौरान भारतीय सेना के 83 जवान शहीद हुए थे. वहीं 248 घायल हुए थे. जबकि इस दौरान 500 से ज्यादा आतंकी मारे गए थे जिसमें भिंडरावाले भी शामिल था.

हालांकि इस ऑपरेशन के तत्काल बाद पंजाब में शांति नहीं आई. पंजाब के ग्रामीण इलाकों में जहां भिंडरावाले की पकड़ मजबूत थी वहां ऑपरेशन ब्लू स्टार का दूसरा चरण चलाया गया. पंजाब को अमन चैन हासिल करने के लिए तकरीबन 10 साल इंतजार करना पड़ा.

इंदिरा गांधी जी : बहुत बढ़िया । अगला सवाल : जब लालकिले से इंदिरा गांधी ने किया था आंदोलन का जिक्र, बोलीं- कितना भी रोको हिंसा हो ही जाती है, विकास वाले आंदोलन ही रोक देते हैं विकास क्यों उन्होंने ऐसा कहा ।

विवेक कुमार पांडे : जी । किसान आंदोलन को खत्म करवाने के लिए सरकार कई बार प्रयास कर चुकी है और हर मुद्दे पर बात करने को तैयार भी है लेकिन अब तक कोई हल नहीं निकल सकता है। किसान अपनी मांग पर अड़े हैं कि जब तक कानून वापस नहीं होंगे, आंदोलन भी खत्म नहीं होगा। आंदोलन को लेकर प्रधानमंत्री ने संसद भवन में 'आंदोलनजीवी' शब्द का इस्तेमाल करते हुए निशाना साधा तो कांग्रेस ने कहा कि मोदी सरकार आंदोलन का भी दमन करना चाहती है। हालांकि एक बार आंदोलन को लेकर पूर्व प्रधानमंत्री इंदिरा गांधी ने भी लालकिले से अपने विचार व्यक्त किए थे और कहा था कि कोई भी आंदोलन हिंसक हो ही जाता है और विकास के लिए हो रहा आंदोलन ही विकास में बाधा बन जाता है। यह भाषण 1983 का है। 1984 में उनकी हत्या कर दी गई थी।

इंदिरा गांधी ने अपने भाषण में सरकार के काम गिनाए और इसके बाद आंदोलन का भी जिक्र किया। उस समय असम में भी आंदोलन चल रहा था। उन्होंने कहा, 'हम देखते हैं कि देश के अनेक भाग में आंदोलन हो रहे हैं। लोकतंत्र में स्वाभाविक है कि लोगों की मांगें हों। हम हमेशा लोगों से बात करने . आप सभी मुझे सुनते रहिएगा और देखते रहिएगा । इसी के साथ आगे बढ़ते हैं ।

इंदिरा गांधी की आगे की बात आज के समय में बहुत ही प्रासंगिक नजर आती है। किसान आंदोलन के दौरान गणतंत्र दिवस पर दिल्ली में हिंसा हो गई थी। इंदिरा गांधी ने कहा था, 'आंदोलन के नेता चाहें या न चाहें, आखिरकार हिंसा हो ही जाती है। यह कौन करता है, हमको नहीं मालूम। जब पता चलता है तो उन लोगों को सजा भी मिलती है। उन लोगों को भी कभी-कभी नहीं पता चलता है। लेकिन इससे देश को नुकसान होता है। जो विकास के नाम पर आंदोलन चलते हैं, वही विकास को रोक देते हैं।'

इसके बाद इंदिरा गांधी ने असम की समस्या पर बात की और कहा, 'एक अजब प्रचार हो रहा है। कुछ लोग नाजायज तरीके से असम में आए हैं। हमारी कोशिश है कि उनको रोकें। यह बात आज की नहीं है। लोगों ने कहा या तो पूरी बात मानें या फिर जो कुछ आप करना चाहते हैं, वह हम नहीं करने देंगे। जो काम हो सकता था वह रुक गया। अब वह काम शुरू होगा जो हमने पहले कहा था। अजब कहानी और भी है कि वहां जो हमला हुआ और बहुत सारे लोगों की जानें गईं, मुसलमान भाई बहनों की जान गई और हिंदुओं को भी नुकसान हुआ। कहा जा रहा है कि उसमें हमारा हाथ था लेकिन आप वहां जाकर पूछिए तो लोग बताएंगे कि इसमें किसका हाथ था।' इंदिरा गांधी ने अपने इस भाषण में पंजाब की समस्या का जिक्र किया था और कहा था कि हमारी कोशिश है कि हर क्षेत्र को न्याय मिले।

इंदिरा गांधी जी : बहुत बढ़िया बेटा विवेक । तुम अब एक छोटा सा ब्रेक ले लो ।

विवेक कुमार पांडे : जी आप जैसा कहे में वैसा ही करूंगा । ठीक है हम फिर से लाईव जुड़ेंगे आप कही जाइएगा मत । धन्यवाद ।

इंदिरा गांधी जी : हां अब ठीक है । बहुत सवाल पुछ लिया ।

(तभी चपरासी अंदर आता है चाय लेकर)

चपरासी : इंदिरा जी नमस्ते में आपके लिए चाय लेकर आया हूं । कृपया इसे स्वीकार करें ।

इंदिरा गांधी जी : नमस्ते । जी चाय लाने के लिए धन्यवाद , में चाय जरूर पीऊंगी । आप रख दिजिए टेबल पर ।

चपरासी : जी । विवेक सर आपके लिए भी चाय लेकर आया हूं । पी लिजिएगा ।

विवेक कुमार पांडे : ओके । शुक्रिया । आप से कुछ सवाल पुछना चाहता हूं ।

इंदिरा गांधी जी : जरूर ।

विवेक कुमार पांडे : आप मुझे अपने बचपन के किस्से बताइए ?

इंदिरा गांधी जी : 'गांधीजी से प्रभावित होकर मेरे माता पिता ने मांस खाना छोड़ दिया था और यह निर्णय किया गया कि मुझे भी शाकाहारी बनायेंगे. मैं चूंकि बड़ों के खाने से पहले खा लेती थी, इसलिए मुझे पता ही नहीं था कि उनका खाना मेरे से भिन्न होता था.' 'एक दिन, मैं अपनी सहेली लीला के घर खेलने गई और उसने मुझे दोपहर के खाने पर रूकने को कहा. खाने में मांस परोसा गया.

अगली बार जब मेरी दादी ने मुझसे पूछा कि मेरे लिए क्या मंगाया जाए तो मैंने उस स्वादिष्ट नयी सब्जी बारे में बताया जो मैंने लीला के घर खाई थी.' उन्होंने लिखा, 'दादी ने सभी सब्जियों के नाम लिये लेकिन ऐसी कोई सब्जी हमारे घर में नहीं परोसी जाती थी. आखिर में लीला की मां को फोन करके यह पहेली सुलझाई गई. इसके साथ ही मेरे शाकाहारी भोजन का भी अंत हो गया.'

मुझे खिलौनों का ज्यादा शौक नहीं था. 'शुरू में मेरा मनपसंद खिलौना एक भालू था जो उस पुरानी कहावत को याद दिलाता है कि दया से कोई मर भी सकता है क्योंकि प्यार के कारण ही मैंने उसे नहलाया था और अपनी आंटी की चहेरे पर लगाने वाली नई और महंगी फ्रेंच क्रीम को उस पर पोत दिया था. अपनी रूआंसी हो आई आंटी से डांट खाने के अलावा मेरे सुन्दर भालू के बाल हमेशा के लिए खराब हो गए.'

बचपन में 'गर्मी का लाभ यह था कि हम तारों से चमकते आकाश के नीचे सोते थे जिससे तारों के बारे में ढेर सारी जानकारी मिलती थी और दूसरा लाभ था आम, जो उन दिनों हम एक या दो नहीं बल्कि टोकरी भर कर खाते थे. मैं कम ही खाती थी क्योंकि मैं खाने और सोने को निर्थक बर्बादी मानती थी.'

और, 'मुझे अंधेरे से डर लगता था, जैसा कि शायद प्रत्येक छोटे बच्चे को लगता है. रोज शाम को अकेले ही निचली मंजिल के खाने के कमरे से उपरी मंजिल के शयनकक्ष तक की यात्रा मुझे बहुत भयभीत करती थी . लम्बे, फैले हुए बरामदे को पार करना, चरमराती हुई लकड़ी की सीढ़ियों पर चढ़ना और एक स्टूल पर चढ़कर दरवाजे के हैंडिल और बत्ती के स्विच तक पहुंचना.'

अब बेटा वापस से लाईव करो ।

विवेक कुमार पांडे : जी । हम फिर से जुड़ गए हैं हमारे साथ हैं पुर्व प्रधानमंत्री इंदिरा गांधी जी । इसकी के साथ इंटरव्यू का सेसन आगे बढ़ाते हैं ।

इंदिरा गांधी जी : ठीक है बेटा तैयार हो जाओ ।

विवेक कुमार पांडे : जी ।

इंदिरा गांधी जी : सवाल : जेपी नारायण जानें क्यों इंदिरा गांधी के खिलाफ दिया संपूर्ण क्रांति का नारा.

विवेक कुमार पांडे : आज लोकनायक जयप्रकाश नारायण की 116वीं जयंती है. उनका जन्म 11 अक्टूबर 1902 में हुआ था. भारतीय स्वतंत्रता संग्राम के सेनानी और राजनेता जयप्रकाश नारायण को देश के पूर्व प्रधानमंत्री जवाहर लाल नेहरू की बेटी और पूर्व प्रधानमंत्री इंदिरा गांधी के विरोध के लिए जाना जाता था और कहा जाता है कि उनके आंदोलन की वजह से इंदिरा गांधी के हाथ से सत्ता तक छिन गई थी.

*ऐसे शुरू हुई इंदिरा गांधी के खिलाफ क्रांति

इंदिरा गांधी के शासन के दौरान देश महंगाई समेत मुद्दों को लेकर जूझ रहा था और लोगों के मन में इंदिरा की अगुवाई वाली केंद्र सरकार को लेकर गुस्सा था. उस वक्त जयप्रकाश नारायण ने सत्ता के खिलाफ आवाज उठाने का फैसला किया और उन्होंने इंदिरा गांधी को पत्र लिखा और देश के बिगड़ते हालात के बारे में बताया. उसके बाद देश के अन्य सांसदों को भी पत्र लिखा और कई इंदिरा गांधी के कई फैसलों को लोकतांत्रिक खतरा बताया.

* लोकपाल की थी मांग

जयप्रकाश नारायण के इस पत्र से राजनीतिक जगत में हंगामा खड़ा हो गया था, क्योंकि पहली बार किसी ने इंदिरा गांधी के खिलाफ सीधे आवाज उठाई थी. साथ ही उन्होंने सांसदों को लिए अपने पत्र में लोकपाल बनाने और लोकायुक्त को नियुक्त करने की मांग की थी. साथ ही नारायण ने भष्ट्राचार के खिलाफ बनाई गई कमेटी की आवाज दबाने का आरोप भी इंदिरा गांधी पर लगाया था.

*गुजरात से हुई शुरुआत

वहीं, इंदिरा गांधी ने राज्यों की कांग्रेस सरकारों से चंदा लेने की मांग की. इस दौरान गुजरात के तत्कालीन मुख्यमंत्री चीमन भाई से भी 10 लाख रुपये की मांग की थी और कोष बढ़ाने के लिए कई चीजों के दाम बढ़ा दिए गए. जिसके बाद प्रदेश में आंदोलन हुए और पुलिस की बर्बरता से कई आंदोलनकारी मारे गए. इस दौरान 24 जनवरी 1974 मुख्यमंत्री के इस्तीफे की तारीख तय कर दी गई. लेकिन चीमन भाई के रवैये से आंदोलन और भड़क गया. उसके बाद जयप्रकाश नारायण ने आंदोलन का समर्थन किया, जिसके बाद उन्हें गुजरात बुलाया गया. बता दें, 5 जून 1974 को जेपी ने इंदिरा गांधी के खिलाफ संपूर्ण क्रांति का नारा दिया था.

जयप्रकाश नारायण के गुजरात जाने से पहले उन्होंने राज्यपाल के जरिए अपने हाथ में सत्ता रखने की कोशिश की और 9 फरवरी 1974 को जयप्रकाश नारायण के गुजरात आने से दो दिन पहले ही चिमनभाई से इस्तीफा दिलवा दिया और प्रदेश में राष्ट्रपति शासन लगा दिया. उसके बाद मोरारजी देसाई ने नारायण

के साथ दोबारा चुनाव करवाने की मांग की. साथ ही यह आंदोलन बिहार जैसे अन्य राज्यों में भी फैलने लगा. उसके बाद रेलवे के लाखों कर्मचारी हड़ताल पर चले गए, जिससे इंदिरा गांधी के सामने दिक्कत खड़ी होने लगी कि आखिर पहले किससे निपटा जाए?

*बिहार में आंदोलन का प्रभाव

बिहार में भी गुजरात की तरह छात्रों ने आंदोलन किया और विधानसभा की ओर कूच किया. उसके बाद छात्रों के खिलाफ एक्शन लिया गया, गोलियां चलाई गई, जिसमें कई छात्र मारे गए और जेपी को आंदोलन की कमान संभालने की मांग की गई. हालांकि जेपी ने आंदोलन की कमान संभालने से पहले कहा कि इस आंदोलन में कोई भी व्यक्ति किसी भी पार्टी से जुड़ा हुआ नहीं होना चाहिए. उसके बाद लोगों ने उनकी सभी मांग ली और राजनीतिक पार्टियो से जुड़े हुए छात्रों ने भी इस्तीफा देकर जेपी के साथ जाने का फैसला किया. इसमें कांग्रेस के भी कई छात्र शामिल थे और सभी छात्र बिहार छात्र संघर्ष समिति के बैनर तले आंदोलन में कूद गए. इसके बाद जेपी ने अपने हाथ में आंदोलन की कमान ले ली और बिहार के मुख्यमंत्री अब्दुल गफूर से इस्तीफे की मांग की.

*जेपी की चेतावनी

उस दौरान जेपी ने कि उनकी भष्ट्राचार कालाबाजारी आदि के खिलाफ लड़ाई जारी है और उन्होंने आंदोलन को जारी रखने की बात कही. उसके बाद इंदिरा गांधी ने जयप्रकाश नारायण के आधार पर कहा कि कुछ लोग ग्राम विकास में अपनी रुचि खोकर सक्रिय राजनीति में उतरने की कोशिश कर रहे हैं. उसके बाद इससे कांग्रेसियों समेत कई लोग इसका विरोध करने लगे. उसके बाद इंदिरा के जयप्रकाश विरोधी बयानों से आंदोलन बढ़ता गया और जयप्रकाश नारायण ने आंदोलन को तीखा करने का काम किया. उसके बाद जयप्रकाश नारायण ने सरकार को हटाने को लेकर आंदोलन तेज कर दिया.

*इस आंदोलन ने हिला दी सत्ता

8 अप्रैल 1974 को जयप्रकाश नारायण ने विरोध के लिए जुलूस निकाला, जिसमें सत्ता के खिलाफ आक्रोशित जनता ने हिस्सा लिया. इसमें हजारों ही नहीं लाखों लोगों ने भाग लिया और खुद जयप्रकाश नारायण ने इसकी अगुवाई की थी. जयप्रकाश नारायण के इस आंदोलन से इंदिरा गांधी के नीचे से सत्ता की जमीन खिसकने लगी और बाद में इंदिरा गांधी को विरोध का इतना सामना करना पड़ा कि उनके हाथ में सत्ता ज्यादा वक्त नहीं बची रही. जयप्रकाश नारायण ने आजादी के बाद ही नहीं, उससे पहले भी गांधी के साथ भारत छोड़ो जैसे आंदोलनों को सफल

बनाया था.

इंदिरा गांधी जी : सवाल : 5वीं लोकसभा 1971: देश ने देखा इंदिरा गांधी का मोहिनीअट्टम ?

विवेक कुमार पांडे : आजादी के साथ जिस तरह महात्मा गांधी की कांग्रेस अनौपचारिक रूप से समाप्त हो गई थी. ठीक उसी तरह नेहरू की कांग्रेस भी उनके निधन के चंद सालों बाद यानी 1969 में आते-आते खत्म हो गई और उसकी जगह ले ली इंदिरा गांधी की कांग्रेस ने.

1971 के आम चुनाव से कोई डेढ़ साल पहले एक ऐसी घटना हुई जिससे कांग्रेस के विभाजन पर आधिकारिक मुहर लग गई. यह घटना थी अगस्त 1969 में हुआ राष्ट्रपति चुनाव. इस चुनाव में इंदिरा गांधी बाबू जगजीवन राम को कांग्रेस का उम्मीदवार बनाना चाहती थीं लेकिन लेकिन कांग्रेस संसदीय बोर्ड की बैठक में उनकी नहीं चली.

निजलिंगप्पा, एसके पाटिल, के कामराज और मोरारजी देसाई जैसे दिग्गज कांग्रेसी नेताओं की पहल पर नीलम संजीव रेड्डी राष्ट्रपति पद के लिए कांग्रेस के आधिकारिक उम्मीदवार बना दिए गए. यह एक तरह से इंदिरा गांधी की हार थी. संसदीय बोर्ड के फैसले के बाद इंदिरा गांधी भी नीलम संजीव रेड्डी की उम्मीदवारी की एक प्रस्तावक थीं लेकिन उन्हें रेड्डी का राष्ट्रपति बनना गंवारा नहीं था. इसी बीच तत्कालीन उपराष्ट्रपति वराहगिरी व्यंकट गिरि (वीवी गिरि) ने अपने पद से इस्तीफा देकर खुद को राष्ट्रपति पद का उम्मीदवार घोषित कर दिया.

स्वतंत्र पार्टी, समाजवादियों, कम्युनिस्टों, जनसंघ आदि सभी विपक्षी दलों ने वीवी गिरि को समर्थन देने का एलान कर दिया. चुनाव के ऐन पहले इंदिरा गांधी भी पलट गई और उन्होंने कांग्रेस में अपने समर्थक सांसदों-विधायकों को रेड्डी के बजाय गिरि के पक्ष में मतदान करने का फरमान जारी कर दिया. इंदिरा गांधी के इस पैंतरे से कांग्रेस में हड़कंप मच गया. वीवी गिरि जीत गए और कांग्रेस के अधिकृत उम्मीदवार संजीव रेड्डी को दिग्गज कांग्रेसी नेताओं का समर्थन हासिल होने के बावजूद पराजय का मुंह देखना पड़ा. वीवी गिरि की जीत को इंदिरा गांधी की जीत माना गया.

*निर्धारित समय से एक साल पहले हुए चुनाव

इस घटना के बाद औपचारिक तौर पर कांग्रेस दोफाड़ हो गई. बुजर्ग कांग्रेसी दिग्गजों ने कांग्रेस (संगठन) नाम से अलग पार्टी बना ली. इंदिरा गांधी के लिए यह बेहद मुश्किलों भरा दौर था. उनकी सरकार अल्पमत में आ गई थी. अपने समक्ष मौजूदा राजनीतिक चुनौतियां का सामना करने के लिए इंदिरा गांधी ने बैंकों का

राष्ट्रीयकरण करने और पूर्व राजा-महाराजाओं के प्रिवीपर्स के खात्मे जैसे कदम उठाकर अपनी साहसिक और प्रगतिशील नेता की छवि बनाने की कोशिश की.

अपने इन कदमों से वे तात्कालिक तौर पर कम्युनिस्टों को रिझाने में भी कामयाब रहीं और उनकी मदद से ही वे अपनी सरकार के खिलाफ लोकसभा में आए अविश्वास प्रस्ताव को भी नाकाम करने में सफल हो गईं. लेकिन इसी दौरान उन्हें यह अहसास भी हो गया था कि बिना पर्याप्त बहुमत के वे ज्यादा समय तक न तो अपनी हुकूमत को बचाए रख सकेंगी और न ही अपने मनमाफिक कुछ काम कर सकेंगी, लिहाजा उन्होंने बिना वक्त गंवाए नया जनादेश लेने यानी निर्धारित समय से पहले ही चुनाव कराने का फैसला कर लिया.

दिसंबर, 1970 में उन्होंने लोकसभा को भंग करने का एलान कर दिया. इस प्रकार जो पांचवीं लोकसभा के लिए चुनाव 1972 में होना था, वह एक साल पहले यानी 1971 में ही हो गया. इस चुनाव में इंदिरा गांधी ने अपनी गरीब नवाज की छवि बनाने के लिए "गरीबी हटाओ" का नारा दिया. बैंकों के राष्ट्रीयकरण और प्रिवीपर्स के खात्मे के कारण उनकी एक समाजवादी छवि तो पहले ही बन चुकी थी.

विपक्षी दलों के पास इस सबकी कोई काट नहीं थी. गैर कांग्रेसवाद का नारा देने वाले डॉ. राममनोहर लोहिया के निधन के बाद इंदिरा गांधी का मुख्य मुकाबला बुजुर्ग संगठन कांग्रेसियों से था. चूंकि राज्यों में संविद सरकारों का प्रयोग लगभग असफल हो चुका था, लिहाजा देश ने इंदिरा गांधी में ही अपना भरोसा जताया. चुनाव में कम्युनिस्टों को छोड़कर संगठन कांग्रेस समेत तमाम विपक्षी दलों की बुरी तरह हार हुई.

*"गूंगी गुड़िया" ने सबके दांत खट्टे कर दिए

1971 के चुनावों में 14.36 करोड़ पुरुषों और 13.06 करोड़ महिलाओं के पास मतदान का अधिकार था. मतदान का प्रतिशत 55.27 रहा यानी करीब 15 करोड़ लोगों ने मताधिकार का उपयोग किया. इंदिरा गांधी के प्रधानमंत्री बनने के बाद जिन विरोधियों ने उन्हें "गूंगी गुड़िया" कहा था, इंदिरा गांधी ने इस चुनाव में अपने आक्रामक अभियान से उन्हीं के दांत खट्टे कर दिए.

उनकी पार्टी कांग्रेस को दो तिहाई से भी ज्यादा यानी 352 सीटों पर जीत मिली. वोटों में भी करीब तीन फीसदी का इजाफा हुआ. कांग्रेस को 43.68 फीसदी वोट हासिल हुए. उसके कुल 441 उम्मीदवार चुनाव मैदान में थे, जिनमें से सिर्फ चार की जमानत जब्त हुई. इस चुनाव में संगठन कांग्रेसियों के पैरों तले जमीन खिसक गई. उनके 238 उम्मीदवारों में से मात्र 16 जीते और उसमें भी 11 गुजरात से जीते

थे. संगठन कांग्रेस के 114 उम्मीदवारों को जमानत गंवानी पड़ी. पार्टी को प्राप्त मतों का प्रतिशत 10.43 रहा.

जनसंघ को भी झटका लगा लेकिन वह 1967 के चुनाव में मिली 35 में से 22 सीटें जीतने में कामयाब रहा. उसे 7.35 प्रतिशत वोट मिले. सोशलिस्टों और स्वतंत्र की पार्टी की हालत तो और भी खराब रही. प्रजा समाजवादी पार्टी, सोशलिस्ट पार्टी और स्वतंत्र पार्टी तीनों को मिलाकर मात्र 13 सीटें मिलीं. तीनों का वोट प्रतिशत भी करीब 6.5 रहा. इन सबके विपरीत कम्युनिस्टों की सीटों में जरूर इजाफा हुआ. मार्क्सवादी कम्युनिस्ट पार्टी (माकपा) को 25 सीटों पर जीत मिली जबकि भारतीय कम्युनिस्ट पार्टी (भाकपा) भी अपनी 23 सीटें बचाए रखने में सफल रही. इन दोनों को मिलाकर करीब 10 फीसदी वोट मिले.

*क्षेत्रीय ताकतों का उभार

इस चुनाव की खास बात यह रही कि आंध्र प्रदेश और तमिलनाडु में दो क्षेत्रीय शक्तियों ने असरदार उपस्थिति दर्ज की. आंध्र में तेलंगाना प्रजा समिति को 10 सीटों पर जीत मिली जबकि तमिलनाडु में द्रविड़ मुनेत्र कषगम (द्रमुक) के खाते में 23 सीटें आईं. इस चुनाव में 14 निर्दलीय भी जीते. चुनाव में कुल 2,784 उम्मीदवारों ने अपना भाग्य आजमाया था जिनमें से 1,707 की जमानत जब्त हो गई थी.

*इंदिरा की आंधी में कई दिग्गज उड़ गए

इस चुनाव मे इंदिरा गांधी के करिश्मे के चलते विपक्ष के कई नेता बुरी तरह खेत रहे. जिन दिग्गज कांग्रेसियों ने इंदिरा गांधी के खिलाफ बगावत कर संगठन कांग्रेस नाम से अलग पार्टी बनाई थी उनमें से अधिकांश को हार का सामना करना पड़ा. मोरारजी देसाई को छोड़कर लगभग संगठन कांग्रेस के सभी बड़े नेता चुनाव हार गए.

आंध्र प्रदेश की अनंतपुर सीट से दिग्गज संगठन कांग्रेसी नीलम संजीव रेड्डी को एक अदने कांग्रेसी एआर पोन्नायट्टी ने हरा दिया. बिहार के बाढ़ लोकसभा क्षेत्र से संगठन कांग्रेस के टिकट पर चुनाव मैदान में उतरीं तारकेश्वरी सिन्हा को कांग्रेस के धर्मवीर सिंह ने हराया. अशोक मेहता, यमनालाल बजाज, सुचेता कृपलानी और अतुल्य घोष ये सब के सब कांग्रेस छोड़ संगठन कांग्रेस के टिकट पर चुनाव लड़े और पराजित हुए.

रवि राय ओडिशा की पुरी सीट से हार गए. उन्हें कांग्रेस के जेबी पटनायक हराया. ओडिशा की ही संबलपुर सीट से किशन पटनायक भी हारे. राजस्थान के बाडमेर से जनसंघ के भैरोसिंह शेखावत भी हारे. भाकपा नेता एबी बर्धन भी 1971

का चुनाव हारे थे. भाकपा की ही रेणु चक्रवर्ती और अरुणा आसफ अली भी चुनाव हार गई थीं. रेणु को माकपा के मोहम्मद इस्माइल ने और अरुणा आसफ अली को बांग्ला कांग्रेस के सतीशचंद्र सामंत ने हराया था.

*सवाल का अंत, युग की शुरुआत

गरीबी हटाओ का नारा खूब चला और देश की राजनीति में इंदिरा गांधी का दबदबा कायम हो गया. देश में यह सवाल उठना बंद हो गया कि नेहरू के बाद कौन? सबको जवाब मिल गया कि सिर्फ और सिर्फ इंदिरा गांधी. लेकिन इंदिरा का गांधी का असली करिश्मा इस आम चुनाव के बाद तब दिखा जब पाकिस्तान के खिलाफ बांग्लादेश का मुक्ति संग्राम जीतकर वे दक्षिण एशिया में एक सशक्त नेता के तौर पर उभरीं. अटल बिहारी वाजपेयी जैसे मुखर विपक्षी नेता ने भी उन्हें दुर्गा का अवतार कहा. लेकिन इन उपलब्धियों इंदिरा गांधी को थोड़े ही समय में निरंकुश बना दिया. वे चाटुकारों से घिर गईं. इसका नतीजा यह हुआ कि उनका करिश्मा 1977 में खत्म हो गया.

*इंदिरा से चुनाव में हारे राजनारायण अदालत में जीते

इस चुनाव में इंदिरा गांधी एक बार फिर रायबरेली से चुनाव लड़ी और जीतीं. उन्होंने मशहूर समाजवादी नेता राजनारायण को मतों के भारी अंतर से हराया. लेकिन इस चुनाव में इंदिरा गांधी की यही जीत आगे चलकर उनके राजनीतिक पतन का कारण भी बनी.

आजादी के साथ जिस तरह महात्मा गांधी की कांग्रेस अनौपचारिक रूप से समाप्त हो गई थी. ठीक उसी तरह नेहरू की कांग्रेस भी उनके निधन के चंद सालों बाद यानी 1969 में आते-आते खत्म हो गई और उसकी जगह ले ली इंदिरा गांधी की कांग्रेस ने.

1971 के आम चुनाव से कोई डेढ़ साल पहले एक ऐसी घटना हुई जिससे कांग्रेस के विभाजन पर आधिकारिक मुहर लग गई. यह घटना थी अगस्त 1969 में हुआ राष्ट्रपति चुनाव. इस चुनाव में इंदिरा गांधी बाबू जगजीवन राम को कांग्रेस का उम्मीदवार बनाना चाहती थीं लेकिन लेकिन कांग्रेस संसदीय बोर्ड की बैठक में उनकी नहीं चली.

निजलिंगप्पा, एसके पाटिल, के कामराज और मोरारजी देसाई जैसे दिग्गज कांग्रेसी नेताओं की पहल पर नीलम संजीव रेड्डी राष्ट्रपति पद के लिए कांग्रेस के आधिकारिक उम्मीदवार बना दिए गए. यह एक तरह से इंदिरा गांधी की हार थी. संसदीय बोर्ड के फैसले के बाद इंदिरा गांधी भी नीलम संजीव रेड्डी की उम्मीदवारी की एक प्रस्तावक थीं लेकिन उन्हें रेड्डी का राष्ट्रपति बनना गंवारा नहीं था. इसी

बीच तत्कालीन उपराष्ट्रपति वराहगिरी व्यंकट गिरि (वीवी गिरि) ने अपने पद से इस्तीफा देकर खुद को राष्ट्रपति पद का उम्मीदवार घोषित कर दिया.

स्वतंत्र पार्टी, समाजवादियों, कम्युनिस्टों, जनसंघ आदि सभी विपक्षी दलों ने वीवी गिरि को समर्थन देने का एलान कर दिया. चुनाव के ऐन पहले इंदिरा गांधी भी पलट गई और उन्होंने कांग्रेस में अपने समर्थक सांसदों-विधायकों को रेड्डी के बजाय गिरि के पक्ष में मतदान करने का फरमान जारी कर दिया. इंदिरा गांधी के इस पैंतरे से कांग्रेस में हड़कंप मच गया. वीवी गिरि जीत गए और कांग्रेस के अधिकृत उम्मीदवार संजीव रेड्डी को दिग्गज कांग्रेसी नेताओं का समर्थन हासिल होने के बावजूद पराजय का मुंह देखना पड़ा. वीवी गिरि की जीत को इंदिरा गांधी की जीत माना गया.

निर्धारित समय से एक साल पहले हुए चुनाव

इस घटना के बाद औपचारिक तौर पर कांग्रेस दोफाड़ हो गई. बुजर्ग कांग्रेसी दिग्गजों ने कांग्रेस (संगठन) नाम से अलग पार्टी बना ली. इंदिरा गांधी के लिए यह बेहद मुश्किलों भरा दौर था. उनकी सरकार अल्पमत में आ गई थी. अपने समक्ष मौजूदा राजनीतिक चुनौतियां का सामना करने के लिए इंदिरा गांधी ने बैंकों का राष्ट्रीयकरण करने और पूर्व राजा-महाराजाओं के प्रिवीपर्स के खात्मे जैसे कदम उठाकर अपनी साहसिक और प्रगतिशील नेता की छवि बनाने की कोशिश की.

अपने इन कदमों से वे तात्कालिक तौर पर कम्युनिस्टों को रिझाने में भी कामयाब रहीं और उनकी मदद से ही वे अपनी सरकार के खिलाफ लोकसभा में आए अविश्वास प्रस्ताव को भी नाकाम करने में सफल हो गईं. लेकिन इसी दौरान उन्हें यह अहसास भी हो गया था कि बिना पर्याप्त बहुमत के वे ज्यादा समय तक न तो अपनी हुकूमत को बचाए रख सकेंगी और न ही अपने मनमाफिक कुछ काम कर सकेंगी, लिहाजा उन्होंने बिना वक्त गंवाए नया जनादेश लेने यानी निर्धारित समय से पहले ही चुनाव कराने का फैसला कर लिया.

दिसंबर, 1970 में उन्होंने लोकसभा को भंग करने का एलान कर दिया. इस प्रकार जो पांचवीं लोकसभा के लिए चुनाव 1972 में होना था, वह एक साल पहले यानी 1971 में ही हो गया. इस चुनाव में इंदिरा गांधी ने अपनी गरीब नवाज की छवि बनाने के लिए "गरीबी हटाओ" का नारा दिया. बैंकों के राष्ट्रीयकरण और प्रिवीपर्स के खात्मे के कारण उनकी एक समाजवादी छवि तो पहले ही बन चुकी थी.

विपक्षी दलों के पास इस सबकी कोई काट नहीं थी. गैर कांग्रेसवाद का नारा देने वाले डॉ. राममनोहर लोहिया के निधन के बाद इंदिरा गांधी का मुख्य मुकाबला

बुजुर्ग संगठन कांग्रेसियों से था. चूंकि राज्यों में संविद सरकारों का प्रयोग लगभग असफल हो चुका था, लिहाजा देश ने इंदिरा गांधी में ही अपना भरोसा जताया. चुनाव में कम्युनिस्टों को छोड़कर संगठन कांग्रेस समेत तमाम विपक्षी दलों की बुरी तरह हार हुई.

"गूंगी गुड़िया" ने सबके दांत खट्टे कर दिए

1971 के चुनावों में 14.36 करोड़ पुरुषों और 13.06 करोड़ महिलाओं के पास मतदान का अधिकार था. मतदान का प्रतिशत 55.27 रहा यानी करीब 15 करोड़ लोगों ने मताधिकार का उपयोग किया. इंदिरा गांधी के प्रधानमंत्री बनने के बाद जिन विरोधियों ने उन्हें "गूंगी गुड़िया" कहा था, इंदिरा गांधी ने इस चुनाव में अपने आक्रामक अभियान से उन्हीं के दांत खट्टे कर दिए.

मोरारजी देसाई के अलावा ज्यादातर दिग्गज हार गए

उनकी पार्टी कांग्रेस को दो तिहाई से भी ज्यादा यानी 352 सीटों पर जीत मिली. वोटों में भी करीब तीन फीसदी का इजाफा हुआ. कांग्रेस को 43.68 फीसदी वोट हासिल हुए. उसके कुल 441 उम्मीदवार चुनाव मैदान में थे, जिनमें से सिर्फ चार की जमानत जब्त हुई. इस चुनाव में संगठन कांग्रेसियों के पैरों तले जमीन खिसक गई. उनके 238 उम्मीदवारों में से मात्र 16 जीते ओर उसमें भी 11 गुजरात से जीते थे. संगठन कांग्रेस के 114 उम्मीदवारों को जमानत गंवानी पड़ी. पार्टी को प्राप्त मतों का प्रतिशत 10.43 रहा.

जनसंघ को भी झटका लगा लेकिन वह 1967 के चुनाव में मिली 35 में से 22 सीटें जीतने में कामयाब रहा. उसे 7.35 प्रतिशत वोट मिले. सोशलिस्टों और स्वतंत्र की पार्टी की हालत तो और भी खराब रही. प्रजा समाजवादी पार्टी, सोशलिस्ट पार्टी और स्वतंत्र पार्टी तीनों को मिलाकर मात्र 13 सीटें मिलीं. तीनों का वोट प्रतिशत भी करीब 6.5 रहा. इन सबके विपरीत कम्युनिस्टों की सीटों में जरूर इजाफा हुआ. मार्क्सवादी कम्युनिस्ट पार्टी (माकपा) को 25 सीटों पर जीत मिली जबकि भारतीय कम्युनिस्ट पार्टी (भाकपा) भी अपनी 23 सीटें बचाए रखने में सफल रही. इन दोनों को मिलाकर करीब 10 फीसदी वोट मिले.

क्षेत्रीय ताकतों का उभार

इस चुनाव की खास बात यह रही कि आंध्र प्रदेश और तमिलनाडु में दो क्षेत्रीय शक्तियों ने असरदार उपस्थिति दर्ज की. आंध्र में तेलंगाना प्रजा समिति को 10 सीटों पर जीत मिली जबकि तमिलनाडु में द्रविड़ मुनेत्र कषगम (द्रमुक) के खाते में 23 सीटें आईं. इस चुनाव में 14 निर्दलीय भी जीते. चुनाव में कुल 2,784 उम्मीदवारों ने अपना भाग्य आजमाया था जिनमें से 1,707 की जमानत जब्त हो

गई थी.

इंदिरा की आंधी में कई दिग्गज उड़ गए

इस चुनाव मे इंदिरा गांधी के करिश्मे के चलते विपक्ष के कई नेता बुरी तरह खेत रहे. जिन दिग्गज कांग्रेसियों ने इंदिरा गांधी के खिलाफ बगावत कर संगठन कांग्रेस नाम से अलग पार्टी बनाई थी उनमें से अधिकांश को हार का सामना करना पड़ा. मोरारजी देसाई को छोड़कर लगभग संगठन कांग्रेस के सभी बड़े नेता चुनाव हार गए.

आंध्र प्रदेश की अनंतपुर सीट से दिग्गज संगठन कांग्रेसी नीलम संजीव रेड्डी को एक अदने कांग्रेसी एआर पोन्नायट्टी ने हरा दिया. बिहार के बाढ़ लोकसभा क्षेत्र से संगठन कांग्रेस के टिकट पर चुनाव मैदान में उतरीं तारकेश्वरी सिन्हा को कांग्रेस के धर्मवीर सिंह ने हराया. अशोक मेहता, यमनालाल बजाज, सुचेता कृपलानी और अतुल्य घोष ये सब के सब कांग्रेस छोड़ संगठन कांग्रेस के टिकट पर चुनाव लड़े और पराजित हुए.

रवि राय ओडिशा की पुरी सीट से हार गए. उन्हें कांग्रेस के जेबी पटनायक हराया. ओडिशा की ही संबलपुर सीट से किशन पटनायक भी हारे. राजस्थान के बाडमेर से जनसंघ के भैरोसिंह शेखावत भी हारे. भाकपा नेता एबी बर्धन भी 1971 का चुनाव हारे थे. भाकपा की ही रेणु चक्रवर्ती और अरुणा आसफ अली भी चुनाव हार गई थीं. रेणु को माकपा के मोहम्मद इस्माइल ने और अरुणा आसफ अली को बांग्ला कांग्रेस के सतीशचंद्र सामंत ने हराया था.

1971 में भारत ने पूर्वी पाकिस्तान में मुक्ति वाहिनी के विद्रोहियों को समर्थन दिया

सवाल का अंत, युग की शुरुआत

गरीबी हटाओ का नारा खूब चला और देश की राजनीति में इंदिरा गांधी का दबदबा कायम हो गया. देश में यह सवाल उठना बंद हो गया कि नेहरू के बाद कौन? सबको जवाब मिल गया कि सिर्फ और सिर्फ इंदिरा गांधी. लेकिन इंदिरा का गांधी का असली करिश्मा इस आम चुनाव के बाद तब दिखा जब पाकिस्तान के खिलाफ बांग्लादेश का मुक्ति संग्राम जीतकर वे दक्षिण एशिया में एक सशक्त नेता के तौर पर उभरीं. अटल बिहारी वाजपेयी जैसे मुखर विपक्षी नेता ने भी उन्हें दुर्गा का अवतार कहा. लेकिन इन उपलब्धियों इंदिरा गांधी को थोड़े ही समय में निरंकुश बना दिया. वे चाटुकारों से घिर गईं. इसका नतीजा यह हुआ कि उनका करिश्मा 1977 में खत्म हो गया.

इंदिरा से चुनाव में हारे राजनारायण अदालत में जीते

इस चुनाव में इंदिरा गांधी एक बार फिर रायबरेली से चुनाव लड़ी और जीतीं. उन्होंने मशहूर समाजवादी नेता राजनारायण को मतों के भारी अंतर से हराया. लेकिन इस चुनाव में इंदिरा गांधी की यही जीत आगे चलकर उनके राजनीतिक पतन का कारण भी बनी.

राजनारायण ने इंदिरा गांधी के निर्वाचन की वैधता को इलाहबाद हाई कोर्ट में चुनौती दी. उनका आरोप था कि इंदिरा गांधी ने चुनाव जीतने के लिए सरकारी मशीनरी का दुरुपयोग किया. कोर्ट ने राजनारायण के आरोपों को सही पाया और इंदिरा गांधी के चुनाव को अवैध करार देते हुए उन्हें पांच वर्ष के लिए कोई भी चुनाव लड़ने के लिए अयोग्य करार दे दिया.

इस तरह चुनाव मैदान में हारे राजनारायण इंदिरा गांधी को अदालत में हराने में कामयाब हो गए. उसी दौरान जयप्रकाश नारायण के नेतृत्व में बिहार से शुरू हुआ आंदोलन भी तेज हो गया था. विपक्षी दलों ने भी इंदिरा गांधी पर इस्तीफे के लिए दबाव बनाना शुरू कर दिया था. लेकिन इंदिरा गांधी ने इलाहबाद हाई कोर्ट के फैसले को मानने के बजाय उसे सुप्रीम कोर्ट में चुनौती दे दी और विपक्षी दलों पर अपनी सरकार को अस्थिर करने और देश में अराजकता फैलाने का आरोप लगाते हुए देश में आपातकाल लगा दिया. इस सबकी परिणति 1977 के आम चुनाव में इंदिरा गांधी और कांग्रेस के ऐतिहासिक हार के रूप में हुई.

इंदिरा गांधी जी : सवाल : लोकसभा चुनाव 1952: पहले आम चुनाव की कहानी बताओ सभी दर्शकों ?

विवेक कुमार पांडे : जी। 1952 से लेकर अब तक अगर हर लोकसभा ने अपना कार्यकाल पूरा किया होता तो पंद्रहवीं लोकसभा के लिए 2021 में चुनाव होता. बहरहाल, यह जानना रोचक होगा कि पहला आम चुनाव किन स्थितियों में और किस तरह संपन्न हुआ था.

15 अगस्त 1947 को जब भारत ब्रितानवी हुकूमत की दासता से आजाद हुआ था तब किसने कल्पना की होगी कि संसदीय लोकतंत्र अपनाकर देश दुनिया की सबसे बड़ी चुनाव प्रक्रिया वाला राष्ट्र बन जाएगा. 16वीं लोकसभा के चुनाव के लिए करीब 81 करोड मतदाताओं का निबंधन समूची दुनिया को सुखद आश्चर्य मे डालने वाला है. लगभग हर आम चुनाव के समय भारतीय नागरिक सबसे बड़े मतदाता समूह और चुनावी ढांचे वाले देश के रूप में चिन्हित किए जाते हैं. चुनाव प्रणाली और लोकतंत्र की चाहे जितनी खामियां निकाली जाएं, लेकिन जब अतीत मे लौटकर विचार करें तो इसे अविश्वसनीय उपलब्धि कहा जा सकता है.

वास्तव में आजादी के बाद भारत का पहला आम चुनाव इसी रोमांचक के सामूहिक मनोविज्ञान में संपन्न हुआ था. पहले आम चुनाव में लोकसभा की 497 तथा राज्य विधानसभाओं की 3,283 सीटों के लिए भारत के 17 करोड़ 32 लाख 12 हजार 343 मतदाताओं का पंजीयन हुआ था. इनमें से 10 करोड़ 59 लाख लोगों ने, जिनमें करीब 85 फीसद निरक्षर थे, अपने जनप्रतिनिधियों का चुनाव करके पूरे विश्व को आश्चर्य में डाल दिया था.

25 अक्टूबर 1951 से 21 फरवरी 1952 तक यानी करीब चार महीने चली उस चुनाव प्रक्रिया ने भारत को एक नए मुकाम पर लाकर खड़ा किया. यह अंग्रेजों द्वारा लूटा-पीटा और अनपढ़ बनाया गया कंगाल देश जरूर था, लेकिन इसके बावजूद इसने स्वयं को विश्व के घोषित लोकतांत्रिक देशों की कतार में खड़ा कर दिया.

*पहला वोट हिमाचल प्रदेश में

25 अक्टूबर, 1951 को जैसे ही पहला वोट हिमाचल प्रदेश की चिनी तहसील में पड़ा, नए युग की शुरुआत हो गई. आजादी के संघर्ष के कारण देश के आम जनमानस में तो कांग्रेस का ही नाम बैठा था. इसलिए कांग्रेस ने 364 सीटें जीत कर प्रचंड बहुमत प्राप्त किया. भारतीय कम्युनिस्ट पार्टी 16 सीटें जीत कर दूसरी सबसे बड़ी पार्टी के रूप में उभरी.

आचार्य नरेंद्र देव, जयप्रकाश नारायण और डॉ. राम मनोहर लोहिया के नेतृत्व वाली सोशलिस्ट पार्टी को 12, आचार्य जेबी कृपलानी के नेतृत्व वाली किसान मजदूर प्रजा पार्टी को नौ, हिंदू महासभा को चार, डॉ. श्यामाप्रसाद मुखर्जी के नेतृत्व में भारतीय जनसंघ को तीन, रिवोल्यूशनरी सोशलिस्ट पार्टी को तीन और शिड्यूल कास्ट फेडरेशन को दो सीटें मिलीं.

कांग्रेस ने कुल 4,76,65,951 यानी 44.99 वोट हासिल किए. उस वक्त एक निर्वाचन क्षेत्र में एक से अधिक सीटें भी हुआ करती थीं, लिहाजा 489 स्थानों के लिए 401 निर्वाचन क्षेत्रों में ही चुनाव हुआ. 1960 से इस व्यवस्था को समाप्त कर दिया गया. एक सीटों वाले 314 निर्वाचन क्षेत्र थे. 86 निर्वाचन क्षेत्रों में दो सीटें और एक क्षेत्र में तीन सीटें थीं. दो सदस्य आंग्ल-भारतीय समुदाय से नामांकित हुए थे.

*नेहरू ही स्टार प्रचारक

चुनाव में भारतीय राष्ट्रीय कांग्रेस की ओर से प्रधानमंत्री जवाहरलाल नेहरू ही स्टार प्रचारक थे. उन्होंने अपने चुनाव प्रचार अभियान के तहत 40 हजार किलोमीटर की यात्रा करते हुए करीब साढ़े तीन करोड़ लोगों को संबोधित किया था. यह तब असाधारण कार्य था. हालांकि विपक्षी पार्टियों के लिए काम करने के

अवसर थे, उनके पास तेजस्वी नेता भी थे लेकिन उनके पास संगठन, संसाधन और कार्यकर्ता ऐसे नहीं थे कि वे इतना व्यापक अभियान चला पाते.

उस समय मीडिया का भी इतना विस्तार नहीं था कि उसके माध्यम से अपनी बात लोगों तक पहुंचाई जा सके. तब भी अलग-अलग क्षेत्रों और राज्यों में कांग्रेस से इतर पार्टियां आजाद भारत के पुनर्निर्माण, जीवन यापन, आम नागरिकों के अधिकार, राजनीतिक पार्टियों के ढांचे, अर्थव्यवस्था, समाज, संस्कृति आदि मुद्दों को लेकर जनता के बीच गईं. इसी का परिणाम था कि करीब 31 फीसद वोट इन पार्टियों को मिले.

*हर दल की अलग मतपेटी

आज इस बात की कल्पना करना कठिन है कि लोकसभा और विधानसभाओं के लिए पहला आम चुनाव सम्पन्न कराना कितना बड़ा कार्य था. घर-घर जाकर मतदाताओं का निबंधन करना ही अपने आप में इतिहास बनाना था. बहुमत मतदाता की निरक्षरता का ध्यान रखते हुए ही पार्टियों और उम्मीदवारों के लिए चुनाव चिन्ह की व्यवस्था की गई. किंतु तब मतपत्र पर नाम और चिन्ह नहीं थे, हर पार्टी के लिए अलग मतपेटी थी, जिन पर उनके चुनाव चिन्ह अंकित कर दिए गए थे. इसके लिए लोहे की दो करोड़ बारह लाख मतपेटियां बनाई गई थीं और करीब 62 करोड़ मतपत्र छापे गए थे.

मतपेटियों और मतपत्रों को संबंधित मतदान केंद्रों तक पहुंचाना भी उस समय एक चुनौतीपूर्ण कार्य था. आवागमन के साधन भी आज की तरह विकसित नहीं हुए थे. ऐसी स्थिति में पहाड़ों, जंगलों, मैदानी इलाकों में नदी-नालों को पार करते हुए, पगडंडियों से गुजरते हुए नियत स्थान तक पहुंचने के लिए चुनाव कार्य में लगे अधिकारियों-कर्मचारियों को कितनी मशक्कत करनी पड़ी होगी, इसकी आसानी से कल्पना की जा सकती है. इस सबके दौरान कई लोग बीमार पड़ गए, कुछ की मृत्यु भी हो गई और कुछ लूट के शिकार भी हुए.

कहा जाता है कि पूर्वोत्तर में म्यांमार की सीमा से लगे मणिपुर के पहाड़ी क्षेत्रों में तो स्थानीय लोगों को यह कहकर तैयार किया गया कि आप इस मतदान सामग्री को नियत स्थानों पर पहुंचाने में मदद करें, बदले में आपको एक-एक कंबल तथा बंदूक का लाइसेंस दिया जाएगा. इस तरह अलग-अलग क्षेत्रों में अलग तरीके अपनाए गए.

उस समय सुकुमार सेन मुख्य चुनाव आयुक्त नियुक्त हुए थे. मतदाताओं के पंजीकरण से लेकर, राजनीतिक दलों के चुनाव चिन्हों का निर्धारण एवं साफ सुथरा चुनाव कराने के लिए योग्य अधिकारियों के चयन का काम उन्होंने बखूबी

किया. वे सरकारी खजाने के पैसे की कितनी चिंता करते थे. इसका उदाहरण था- मतपेटियों को सुरक्षित रखना. उन्होंने जितना संभव हुआ मतपेटियों को सुरक्षित रखने की व्यवस्था की और 1957 के दूसरे आम चुनाव में इस कारण करीब साढ़े चार करोड़ रुपये सरकारी खजाने के बचाए.

कुल मिलाकर कहने का आशय यह है कि जिस चुनावी ढांचे के जरिए संसदीय लोकतंत्र का जो लंबा सफर हमने अभी तक तय किया है उसके लिए स्वाधीनता संग्राम के दौरान ही नहीं बल्कि स्वाधीनता के बाद भी लाखों लोगों ने इसमें अपना योगदान दिया.

(सभी दर्शकों लाईव इंटरव्यू को बहुत ही लगाव से देख रहे थे।)

इंदिरा गांधी जी : बहुत ही ज्यादा विस्तार में समझा दिया। अगला सवाल : ??

विवेक कुमार पांडे : जी माफ किजिएगा में आप से एक सवाल पुछना चाहता हूं।

इंदिरा गांधी जी : जरूर पुछो।

विवेक कुमार पांडे : आखिर क्यों लोकसभा चुनाव 1962 : कांग्रेस जीती लेकिन नेहरू के करिश्मे की चमक हुई फीकी

इंदिरा गांधी जी : इसका जवाब में संक्षेप में बताऊंगी। भारत में 1962 के आते आते प्रधानमंत्री जवाहरलाल नेहरू की सफेद चादर थोड़ी-थोड़ी मैली हो चुकी थी. उनके अपने ही दामाद सांसद फिरोज गांधी ने मूंदडा कांड का पर्दाफाश किया था. कांग्रेस में परिवारवाद की शुरुआत हो चुकी थी

मूंदड़ा कांड को फिरोज ने जिस शिद्दत से उठाया था, वह नेहरू को बेहद नागवार गुजरा. इसी वजह से दोनों के बीच दूरी बढ़ गई थी. यह बात दूसरे आम चुनाव के बाद 1957-58 की है. 1960 में दिल का दौरा पड़ने से से फिरोज गांधी की मौत हो गई. इसी दौरान नेहरू पर वंशवाद को बढ़ावा देने का आरोप भी लग चुका था, क्योंकि उन्होंने बेटी इंदिरा गांधी को 1959 मे कांग्रेस का अध्यक्ष बनवाया था. इंदिरा गांधी के दबाव में ही पहली बार एक निर्वाचित राज्य सरकार की बर्खास्तगी हुई थी.

केरल की ईएमएस नम्बूदिरिपाद के नेतृत्व वाली कम्युनिस्ट पार्टी की सरकार को 1959 में केंद्र के इशारे पर बर्खास्त कर दिया गया था. इसी सबके बीच राष्ट्रीय स्तर पर स्वतंत्र पार्टी का गठन हो चुका था जिसके मुख्य मुख्य कर्ताधर्ता स्वतंत्र भारत के पहले गवर्नर जनरल सी. राजगोपालाचारी और मीनू मसानी थे. मीनू मसानी को स्वतंत्र पार्टी का मुख्य सिद्धांतकार माना जाता था. इस पार्टी ने नेहरू के समाजवाद को सीधी चुनौती दी थी. दरअसल स्वतंत्र पार्टी जमींदारी प्रथा के

उन्मूलन के भी खिलाफ थी और कोटा परमिट राज के भ.।

तो इसी पूरी पृष्ठभूमि में हुआ था 1962 में लोकसभा का तीसरा आम चुनाव. 494 सीटों के लिए हुए इस चुनाव को बतौर मतदाता 21 करोड़ 64 लाख लोगों ने देखा. 11 करोड़ 99 लाख मतदाताओं यानी 55.42 प्रतिशत ने अपने मताधिकार का इस्तेमाल किया. इस चुनाव पर सरकारी खजाने से कुल सात करोड़ 80 लाख रुपये खर्च हुए थे. कुल 1,985 प्रत्याशी चुनाव लड़े थे जिनमें से 856 की जमानत जब्त हो गई. कुल 66 महिलाएं चुनाव लड़ी थीं, जिनमें से 31 जीती थीं और 19 को जमानत गंवानी पड़ी थी.

कांग्रेस ने 488 सीटों पर चुनाव लड़कर 361 पर जीत हासिल की. उसे 44.72 प्रतिशत वोट मिले थे. उसके तीन उम्मीदवारों की जमानत जब्त हो गई थी. दूसरे आम चुनाव की तरह इस बार भी दूसरी सबसे बड़ी पार्टी भारतीय कम्युनिस्ट पार्टी (भाकपा) रही. उसने 137 सीटों पर चुनाव लड़कर 29 पर जीत दर्ज की. उसे 9.94 प्रतिशत वोट मिले जबकि उसके 26 प्रत्याशियों को अपनी जमानत गंवानी पड़ी. तीसरे नंबर पर स्वतंत्र पार्टी रही. 7.89 फीसदी वोटों के साथ उसे 18 सीटों पर जीत मिली. स्वतंत्र पार्टी ने कुल 173 प्रत्याशियों को चुनाव मैदान मे उतारा था जिनमें 75 की जमानत जब्त हो गई थी.

जनसंघ की सीटों में 1957 के मुकाबले तीन गुना से भी ज्यादा का इजाफा हुआ. उसके 196 उम्मीदवारों में से 14 जीते पर 114 की जमानत भी जब्त हो गई. उसका वोट प्रतिशत तीन से बढ़कर 6.44 फीसदी हो गया. प्रजा सोशलिस्ट पार्टी (पीएसपी) के खाते में 12 और सोशलिस्ट पार्टी के खाते में छह सीटें गई थीं. पीएसपी को 6.81 फीसदी और सोशलिस्ट पार्टी को 2.69 फीसदी वोट मिले थे.

पीएसपी के 168 और सोशलिस्ट पार्टी के 107 उम्मीदवार चुनाव लड़े थे. दोनों के जमानत गंवाने वाले प्रत्याशियों की संख्या क्रमशः 69 और 75 रही. क्षेत्रीय दलों ने 28 और अन्य पंजीकृत दलों ने छह सीटों पर जीत हासिल की. कुल 479 निर्दलीय उम्मीदवार भी मैदान में थे जिनमें से 20 जीते थे और 378 को अपनी जमानत गंवानी पड़ी थी.

अंग्रेजीदां वर्ग का दबदबा कम होने की शुरुआत

इस चुनाव के पहले तक लोकसभा चुनावो में बतौर नेता अधिकांशतः अंग्रेजीदां उच्च मध्यवर्गीय तबके का कब्जा रहा. 1962 मे पहली बार यह कब्जा टूटना शुरू हुआ. संसद में किसान और ग्रामीण पृष्ठभूमि के प्रतिनिधियों के प्रवेश का रास्ता खुला. हालांकि इस चुनाव के नतीजे कांग्रेस के पक्ष में जरूर गए लेकिन इसी चुनाव में नेहरूवादी समाजवाद से मोहभंग सिलसिला भी शुरू हुआ और उनके करिश्मे ने

अपनी चमक खोनी शुरू कर दी.

इस तीसरी लोकसभा का गठन जून में हुआ और तीन महीने बाद ही अक्टूबर 1962 मे भारत-चीन युद्ध हो गया. इस युद्ध से नेहरू को करारा झटका लगा और मृत्यु तक वे इससे उबर नहीं सके. कहा जाता है कि 1962 के चुनाव ने 1967 के आम चुनाव की पृष्ठभूमि तैयार कर दी थी और फिर 1967 आते-आते भारतीय राजनीति में कांग्रेस के वर्चस्व के एक अध्याय की समाप्ति की कहानी लिख दी गई. लेकिन सब कुछ के बावजूद इस चुनाव ने कुछ चमत्कारिक फैसले भी दिए जिनसे सिक्के के दूसरे पहलू की जानकारी मिलती है.

*आजादी के बाद भ्रष्टाचार का पहला मामला

मूंदड़ा कांड आजादी के बाद भ्रष्टाचार का पहला बड़ा मामला था. इसके लिए तत्कालीन वित्तमंत्री टीटी कृष्णामाचारी को जिम्मेदार माना गया. उन्होंने इस्तीफा भी दिया लेकिन 1962 का चुनाव भी लड़ा और निर्विरोध जीत कर लोकसभा मे पहुंच गए. सवाल है कि क्या आज की तरह उस वक्त का जनमानस भी भ्रष्टाचार को एक बड़ा मुद्दा मानने के लिए तैयार नहीं था?

दूसरी अहम बात यह थी कि नेहरू के खिलाफ समाजवादी नेता डॉ राममनोहर लोहिया चुनाव लड़े. उनके द्वारा उठाए गए सारे मुद्दे धरे रह गए और नेहरू को उनसे ज्यादा वोट मिले. तीसरी महत्वपूर्ण बात यह रही कि आधुनिकता, लोकतंत्र और समाजवाद का राग अलापने वाले प्रधानमंत्री नेहरू ने अपने जीते जी बेटी को कांग्रेस का अध्यक्ष बनवा दिया और लोकतंत्र में वंशवाद की शुरुआत कर दी और सारे कांग्रेसी दिग्गज खामोश रहे. नेहरू की लगाई गई वंशवाद की बेल आज भी न सिर्फ कांग्रेस में सर सब्ज है बल्कि दूसरे तमाम दलों में भी लहलहा रही है.

*लोहिया, डांगे, कृपलानी और अटल बिहारी हारे

पिछले दो चुनावों की तरह 1962 के लोकसभा चुनाव में कई दिग्गज हार गये थे. डॉ. राममनोहर लोहिया, श्रीपाद अमृत डांगे, अटल बिहारी वाजपेयी, जेबी कृपलानी, जनसंघ के अध्यक्ष बलराज मधोक, कांग्रेस नेता ललित नारायण मिश्र, रामधन, बिहार के मुख्यमंत्री रहे अब्दुल गफूर- ये सबके सब हार गए थे. मुंबई शहर (मध्य) सुप्रसिद्ध कम्युनिस्ट नेता डांगे को कांग्रेस के विपुल बालकृष्ण गांधी ने हराया.

अटल बिहारी वाजपेयी बलरामपुर और लखनऊ दो जगहों से चुनाव लड़े थे और दोनों ही जगहों से उन्हें हार का मुंह देखना पड़ा. बलरामपुर में उन्हें कांग्रेस की सुभद्रा जोशी ने और लखनऊ में कांग्रेस के ही बीके धवन ने हराया था. बंबई शहर (उत्तर) से जेबी कृपलानी की हार कांग्रेस के दिग्गज वीके कृष्णमेनन के हाथों

हुई. बिहार की सहरसा सीट से सोशलिस्ट पार्टी के भूपेन्द्र नारायण मंडल ने ललित नारायण मिश्र को पराजित किया था. नई दिल्ली संसदीय क्षेत्र से खड़े बलराज मधोक को कांग्रेस के मेहरचंद खन्ना ने हराया. रामधन उत्तर प्रदेश की लालगंज सीट से हारे तो अब्दुल गफूर की हार बिहार की उस वक्त की जयनगर सीट से हुई थी. गफूर तब स्वतंत्र पार्टी के टिकट पर लड़े थे. उनकी जीत भी मात्र 66 वोटों से हुई थी.

*नेहरू के खिलाफ लोहिया की ललकार

सबसे रोचक मुकाबला जवाहरलाल नेहरू के लोकसभा क्षेत्र फूलपुर मे था जहां उनके विरुद्ध प्रख्यात समाजवादी डॉ. राममनोहर लोहिया चुनाव मैदान मे उतरे थे. लोहिया की करारी हार हुई थी. नेहरू को कुल एक लाख 18 हजार 931 वोट मिले जबकि डॉ. लोहिया को मात्र 54 हजार 360 वोट ही हासिल हुए थे. इस चुनाव से ठीक पहले लोहिया ने कहा था कि मैं मानता हूं कि दो बड़े नेताओं को एक दूसरे के खिलाफ चुनाव नहीं लड़ना चाहिए, लेकिन मैं नेहरू के खिलाफ चुनाव लड़ रहा हूं तो इसलिए क्योंकि उन्होंने जनता को 'गोवा विजय' की घूस दी है. यह राजनीतिक कदाचार है. अगर वे चाहते तो गोवा पहले ही आजाद हो गया होता.

लोहिया ने कहा, दूसरी बात यह है कि नेहरू पर रोजाना 25 हजार रुपये खर्च होते हैं जबकि देश की तीन चौथाई आबादी को प्रतिदिन दो आने भी नहीं मिलते हैं. नेहरू की यह फिजूलखर्ची भी एक तरह का भ्रष्टाचार है. मैं जानता हूं कि इस चुनाव में नेहरूजी की जीत प्रायः निश्चित है. मैं इसे प्रायः अनिश्चित में बदलना चाहता हूं ताकि देश बचे और नेहरू को भी सुधरने का मौका मिले. लोहिया यह चुनाव हारने के एक साल बाद ही 1963 में उत्तर प्रदेश की फर्रुखाबाद सीट से उपचुनाव जीतकर लोकसभा में पहुंच गए. लोकसभा में पहुंचते ही उन्होंने नेहरू की सरकार के खिलाफ अविश्वास प्रस्ताव पेश किया. प्रस्ताव पर बहस के दौरान उन्होंने जो भाषण दिया वह बेहद चर्चित रहा.

विवेक कुमार पांडे : जी । इसी से जुड़ा एक ओर सवाल है , लोकसभा चुनाव 1957: बरकरार रहा पंडित नेहरू का करिश्मा कैसे ?

इंदिरा गांधी जी : भारत में भाषाई आधार पर 1956 में हुए राज्यों के पुनर्गठन के बाद लोकसभा का 1957 का आम चुनाव पहला संसदीय चुनाव था. यह चुनाव भारत को अटल बिहारी वाजपेयी जैसे नेता देने के लिए जाना जाएगा.

लोकसभा का दूसरा आम चुनाव 1957 में हुआ. तमाम आशंकाओं के विपरीत 1952 के मुकाबले इस चुनाव में कांग्रेस की सीटें और वोट दोनों बढ़े. इसके कारण भारतीय राजनीति में भाषाई विभाजन को लेकर लगाई जाने वाली अटकलें भी

समाप्त हो गईं और जाति-संप्रदाय की तरह भाषा के आधार पर बड़े राजनीतिक विभाजन का खतरा समाप्त हो गया. इसी चुनाव में पहली बार अटल बिहारी वाजपेयी चुनाव लड़े थे. तीन सीटों में एक पर उन्हें जीत मिली, जबकि एक पर तो उनकी जमानत ही जब्त हो गई.

1952 के चुनाव के मुकाबले इस चुनाव की पूरी प्रक्रिया काफी कम दिनों तक चली थी. 19 जनवरी से शुरू होकर एक मार्च 1957 तक चलने वाले इस चुनावी जलसे के भी केंद्रीय व्यक्ति जवाहरलाल नेहरू ही थे. एक चुनी हुई सरकार के पांच साल तक मुखिया रह चुके नेहरू के खिलाफ कोई बड़ा मामला नहीं उठा था. कांग्रेस के भीतर उनका नेतृत्व निद्र्वंद्व था. कहीं से कोई चुनौती नहीं थी. सारे कांग्रेसी क्षत्रप भी नेहरू के आगे नतमस्तक थे. विपक्ष में भी एका नहीं था और वह कई दलों और गुटों में बंटा हुआ था.

*बंटा विपक्ष

कम्युनिस्ट अलग झंडा उठाए हुए थे तो तो सोशलिस्टों के भी कई खेमे थे. 1952 के आम चुनाव के बाद आचार्य जेबी कृपलानी की किसान मजदूर प्रजा पार्टी (केएमपीपी) और जयप्रकाश-लोहिया की सोशलिस्ट पार्टी के विलय से प्रजा सोशलिस्ट पार्टी बनी थी, लेकिन 1955 आते-आते उसका विभाजन हो गया. डॉ लोहिया और उनके समर्थकों ने अपनी अलग सोशलिस्ट पार्टी बना ली थी. जनसंघ का प्रभाव क्षेत्र सीमित था. उसके संस्थापक और सबसे बड़े नेता डॉ. श्यामा प्रसाद मुखर्जी का देहांत हो चुका था. लेकिन 1957 के चुनाव में ही जनसंघ को अटल बिहारी वाजपेयी जैसा नेता मिला.

1957 में लोकसभा में कुल 494 सीटें थीं. 494 जीते और इतने ही उम्मीदवारों की जमानत जब्त हो गई थी. कांग्रेस 490 सीटों पर चुनाव लड़ी और 371 यानी तीन चौथाई से अधिक सीटें जीतने में सफल रही. 1952 के मुकाबले उसकी सीटों में सात का इजाफा हुआ. पहले आम चुनाव के 45 से बढ़कर उसका मत प्रतिशत 47.8 हो गया. उसके मात्र दो उम्मीदवारों की जमानत जब्त हुई.

कांग्रेस के बाद भारतीय कम्युनिस्ट पार्टी (सीपीआई) दूसरे सबसे बड़े दल के रूप में उभरी लेकिन उसके और कांग्रेस के बीच फासला बहुत ज्यादा था. सीपीआई ने 110 सीटों पर लड़कर 27 पर जीत हासिल की. उसे नौ फीसदी वोट मिले और उसके 16 प्रत्याशियों को जमानत गंवानी पड़ी. प्रजा सोशलिस्ट पार्टी (पीएसपी) के खाते मे 19 सीटें आईं. वह 189 पर चुनाव लड़ी थी जिनमें से 55 पर उसे जमानत गंवानी पड़ी थी. पीएसपी को इस चुनाव में 10.4 फीसदी वोट मिले थे. इस चुनाव में भारतीय जनता पार्टी की पूर्वगामी पार्टी जनसंघ ने 130 सीटों पर अपने

उम्मीदवार उतारे थे, लेकिन जीत उसे महज चार सीटों पर ही मिली. प्राप्त मतों का प्रतिशत तीन ही रहा. उसके 57 प्रत्याशियों की जमानत जब्त हो गई थी.

*क्षेत्रीय दलों का अस्तित्व

करीब 119 सीटों पर क्षेत्रीय दल चुनाव लड़े थे, जिनमें से 31 सीटों पर उनकी जीत हुई और 40 पर जमानत गंवानी पड़ी. क्षेत्रीय दलों के खाते में 7.6 प्रतिशत मत गए थे. कुल 1519 उम्मीदवार चुनाव मैदान में थे. 481 निर्दलीय चुनाव मैदान में उतरे थे. इनमें से 42 जीते और 324 को अपनी जमानत गंवानी पड़ी. निर्दलीय उम्मीदवारों को कुल 19 प्रतिशत वोट मिले थे. इस चुनाव में कुल 45 महिलाएं चुनाव लड़ी थीं जिनमें से 22 जीती और आठ की जमानत जब्त हो गई.

इस चुनाव में भी दो तरह के लोकसभा क्षेत्र थे. 312 उम्मीदवार एक सीट वाले क्षेत्रों से और 182 सांसद दो सीट वाले क्षेत्रों से चुनकर लोकसभा में पहुंचे थे. पिछली बार के मुकाबले इस चुनाव में मतदाताओं की संख्या करीब दो करोड़ बढ़कर 19.36 करोड़ हो गई थी. 1957 में 12.05 करोड़ मतदाताओं ने अपने मत का इस्तेमाल किया था यानि मतदान का प्रतिशत 63.74 रहा. इस चुनाव में सरकारी खजाने से करीब 5.9 करोड़ रुपए खर्च हुए. 1952 की ही तरह 1957 में भी चुनाव प्रचार पर सादगी का असर रहा. पैदल, साइकिल, तांगा और रिक्शा ही चुनाव प्रचार के मुख्य साधन थे. कार पर बड़े नेता ही घूमते थे. एक लोकसभा क्षेत्र में एक गाड़ी का प्रबंध करना भी बड़ी बात थी.

किसी को नहीं मिल सकी आधिकारिक विपक्ष की मान्यता: इस चुनाव का दिलचस्प पहलू यह रहा कि पहले आम चुनाव की तरह इस बार भी चुनाव के बाद जो लोकसभा गठित हुई उसमें किसी एक विपक्षी दल को इतनी सीटें भी नहीं मिल पाई कि उसे सदन में आधिकारिक विपक्षी दल की मान्यता दी जा सके. इस कारण सदन बिना नेता विरोध दल के ही रहा. ऐसा 1952 के चुनाव में भी हुआ था. उसमें भी किसी राजनीतिक दल को आधिकारिक विरोधी दल का दर्जा नहीं मिला था.

*दिग्गज जो लोकसभा पहुंचे

लोकसभा का दूसरा आम चुनाव एक लिहाज से खास महत्वपूर्ण रहा. इस चुनाव में पहली बार ऐसे चार बड़े नेता चुनाव लड़े और जीते जो आगे चलकर भारतीय राजनीति के शीर्ष पर पहुंचे. इलाहाबाद से कांग्रेस के टिकट पर लालबहादुर शास्त्री जीते. सूरत से कांग्रेस के ही टिकट पर मोरारजी देसाई जीते थे. इसी चुनाव में बलरामपुर संसदीय क्षेत्र से जनसंघ के टिकट पर जीतकर अटल बिहारी वाजपेयी पहली बार लोकसभा में पहुंचे थे. बाद में ये तीनों देश के प्रधानमंत्री बने. इसी चुनाव में मद्रास की तंजावुर लोकसभा सीट से आर. वेंकटरमन चुनाव

जीते जो बाद में देश के राष्ट्रपति बने.

ग्वालियर राजघराने की विजया राजे सिंधिया भी गुना से 1957 में पहली बार चुनाव जीती थीं. ताउम्र संघ परिवार से जुड़ी रहीं विजया राजे ने अपना यह पहला चुनाव कांग्रेस के टिकट पर लड़ा और जीता था. 1952 में चुनाव हार चुके प्रजा सोशलिस्ट पार्टी के दिग्गज आचार्य जेबी कृपलानी 1957 का चुनाव बिहार के सीतामढ़ी संसदीय क्षेत्र से जीते. इसी तरह 1952 में हारे दिग्गज कम्युनिस्ट नेता श्रीपाद अमृत डांगे को भी 1957 में जीत मिली. वे मुंबई (मध्य) से भारतीय कम्युनिस्ट पार्टी के टिकट पर जीते थे.

मुंबई (उत्तरी) से वीके कृष्ण मेनन, गुजरात के साबरकांठा से गुलजारी लाल नंदा, पंजाब के जालंधर से स्वर्णसिंह, बिहार के सहरसा से ललित नारायण मिश्र, पश्चिम बंगाल के आसनसोल से अतुल्य घोष, उत्तर प्रदेश के बस्ती से केडी मालवीय, बांदा से राजा दिनेशसिंह और मध्यप्रदेश के बालौदा बाजार (अब छत्तीसगढ़ में) से विद्याचरण शुक्ल भी चुनाव जीतने में सफल रहे थे. सुप्रसिद्ध कम्युनिस्ट नेता एके गोपालन केरल के कासरगौड़ा लोकसभा क्षेत्र से चुनाव जीते थे.

बिहार के बाढ़ से तारकेश्वरी सिन्हा, पश्चिम बंगाल के बशीरहाट से रेणु चक्रवर्ती और अंबाला से सुभद्रा जोशी भी दोबारा चुनाव जीतने मे सफल रही थीं. सीतापुर से उमा नेहरू भी चुनाव जीती थीं. जाने-माने समाजवादी नेता बापू नाथ पई महाराष्ट्र के राजापुर से और हेम बरुआ भी गुवाहाटी से प्रजा सोशलिस्ट पार्टी के टिकट पर चुनाव जीते थे.

*हार गए ये दिग्गज

डॉ. लोहिया, वीवी गिरि, चंद्रशेखर, रामधन हारे : 1957 का लोकसभा चुनाव कई दिग्गजों की हार का भी गवाह बना. दिग्गज समाजवादी नेता डॉ. राम मनोहर लोहिया को कांग्रेस ने हराया तो वीवी गिरी को एक निर्दलीय से हार का मुंह देखना पड़ा. उत्तरप्रदेश की चंदोली लोकसभा सीट से डॉ. लोहिया को कांग्रेस के त्रिभुवन नारायण सिंह ने हराया था. कांग्रेस के टिकट पर आंध्र प्रदेश के पार्वतीपुरम लोकसभा क्षेत्र से वीवी गिरि मात्र 565 वोट से चुनाव हार गए थे. उन्हें निर्दलीय डॉ. सूरीदौड़ा ने हराया था. एक अन्य समाजवादी नेता पट्टम थानु पिल्ले केरल की त्रिवेन्द्रम लोकसभा सीट से चुनाव हारे थे. उन्हें निर्दलीय प्रत्याशी ईश्वर अय्यर ने हराया था.

चंद्रशेखर ने भी पहला चुनाव 1957 में ही पीएसपी के टिकट पर लड़ा था. तब बलिया और गाजीपुर के कुछ हिस्से को मिलाकर रसड़ा संसदीय सीट थी.

चंद्रशेखर ने इसी सीट से चुनाव लड़ा था और तीसरे नंबर पर रहे थे. जीत भारतीय कम्युनिस्ट पार्टी के सरयू पांडेय की हुई थी. युवा तुर्क के रूप में मशहूर रहे एक और नेता रामधन ने भी आजमगढ़ से निर्दलीय उम्मीदवार के तौर पर चुनाव लड़ा था लेकिन वे कांग्रेस उम्मीदवार के मुकाबले हार गए थे.

जनसंघ के नेता अटल बिहारी वाजपेयी के संसदीय जीवन की शुरुआत इसी आम चुनाव से हुई थी. उन्होंने उत्तर प्रदेश की तीन सीटों से एक साथ चुनाव लड़ा था. वे बलरामपुर संसदीय क्षेत्र से तो जीत गए थे लेकिन लखनऊ और मथुरा में उन्हें हार का सामना करना पड़ा. मथुरा में तो उनकी जमानत भी जब्त हो गई थी. लखनऊ से कांग्रेस के पुलिन बिहारी बनर्जी ने उन्हें हराया था, जबकि मथुरा से निर्दलीय उम्मीदवार राजा महेंद्र प्रताप की जीत हुई थी.

पांच क्षेत्रीय दलों का उदय : इस चुनाव की यह भी विशेषता रही कि पहली बार कम से कम पांच बड़े क्षेत्रीय दल अस्तित्व में आए थे. तमिलनाडु में द्रविड़ मुन्नेत्र कड़घम (द्रमुक), ओडिशा में गणतंत्र परिषद, बिहार में झारखंड पार्टी, संयुक्त महाराष्ट्र समिति और महागुजरात परिषद जैसे क्षेत्रीय दलों का गठन इसी चुनाव में हुआ था.

विवेक कुमार पांडे : यह सवाल दर्शकों का है जो हमें मैसेज के माध्यम से पुछ रहे हैं । आप भी अपना फोन उठाईए और सवाल एसएमएस किजिए स्क्रीन पर आपको नंबर दिख रहा होगा । इंदिरा जी एक सवाल दर्शक ने पुछा है ।

इंदिरा गांधी जी : जरूर पुछो ।

विवेक कुमार पांडे : ये सवाल दशरथ जी ने पुछा है । सवाल : कैसे 1971: जब इंदिरा गांधी ने एक संयुक्त विपक्ष को हराया और सामंती ताक़तों को ख़त्म किया

.

इंदिरा गांधी जी : बहुत अच्छा सवाल है दशरथ जी का । इसका जवाब में संक्षेप में बताने कि कोशिश करूंगी । लेकिन में चाहती हु इसका जवाब बेटा तुम दे दो ।

विवेक कुमार पांडे : 'ग़रीबी हटाओ' के नारे के साथ उस साल इंदिरा की जीत ने कांग्रेस को नई ऊर्जा से भर दिया था. 1971 एक ऐतिहासिक बिंदु था क्योंकि इंदिरा गांधी ने लक्ष्य और दिशा का एक बोध जगाकर सरकार की संस्था में नागरिकों के विश्वास की बहाली का काम किया.

भारतीय इतिहास के कैलेंडर में 1971 के नाम कई बड़ी जीतें दर्ज हुईं- सियासत हो, क्रिकेट या फिर जंग. भारत के लिए इन सबका दूरगामी नतीजा निकलनेवाला था. भले ही भारत घरेलू मोर्चे पर कई समस्याओं से जूझ रहा था, लेकिन फिर भी देश एक नई उमंग से भरा हुआ था.

50 सालों के बाद हम मुड़कर उस समय को देख रहे हैं और उसका अक्स उभारने की कोशिश कर रहे हैं. लेखों की एक श्रृंखला के तहत नामचीन लेखक उन महत्वपूर्ण घटनाओं और प्रक्रियाओं को याद करेंगे जिन्होंने एक जवान, संघर्षरत मगर उम्मीदों से भरे भारत पर अपनी छाप छोड़ने का काम किया.

इतिहास महानता का तमगा सिर्फ एक किस्म के नेता लिए महफूज रखता है- वे जो राज-व्यवस्था को मौत के मुंह से खींचकर उसकी हिफाजत करते हैं और और उसे नया जीवन देते हैं. इतिहास उन नेताओं को मान्यता देता है जो राजनीतिक परिदृश्य का कायापलट करने के लिए रंगमंच पर कब्जा कर लेते हैं.

इन दोनों कामों को एक ही क्षण में अंजाम दिये जाने का काम विरले ही होता है. भारत में यह लम्हा 1971 में आया और इंदिरा गांधी इस मौके को लपकते हुए राजनीतिक सुदृढ़ीकरण और बदलाव की प्रक्रिया की कर्णधार बनीं.

1971 इंदिरा गांधी का साल था, लेकिन इस 1971 की इबारत पिछले कई सालों से लिखी जा रही थी. 1964 में नेहरू की मृत्यु के बाद, नेहरू का भारत एक यथास्थितिवाद और जड़ता से आगे बढ़ रहा था. राहत की एकमात्र बात यह थी कि इंडियन नेशनल कांग्रेस अब भी भारतीय सत्ता की सेवा कर रही थी.

इसके नेतृत्व ने 1964 और 1966 में बगैर किसी झंझावात या चरमराहट के दो शांतिपूर्ण और व्यवस्थित सत्ता परिवर्तनों को साफ-सुथरे ढंग से अंजाम दिया था. 1965 में पाकिस्तान के साथ युद्ध ने निश्चित ही देश के गौरव को फिर से बहाल किया था, लेकिन इसके साथ ही इसने जड़ता और बदलाव के जमा हो रहे संकट के समाधान को भी मुल्तवी कर दिया था.

नेहरू के अवसान के बाद राष्ट्रीय दिशा और उद्देश्य के अनसुलझे संघर्ष एक बार फिर दस्तक देने लगे और इसके अनिवार्य नतीजे के तौर पर कांग्रेस खुद विभाजित, भ्रमित और आपसी संघर्षों से ग्रस्त हो गई.

1967 के लोकसभा चुनाव के मौके पर बड़े कारोबारी घराने, धार्मिक दक्षिणपंथ और बची हुई सामंती व्यवस्था की प्राथमिकताएं और पूर्वाग्रह नेहरू के भारत को स्पष्ट तौर पर खारिज करते हुए गोलबंद हो गए थे. इस मजबूत गठबंधन ने यह मांग की थी कि राज्य को अर्थव्यवस्था पर अपने सर्वाधिकार को त्याग देना चाहिए और समाजवादी भारत को लेकर अपने विभ्रमों से बाहर निकल आना चाहिए.

2 जनवरी, 1967 को इंजीनियरिंग एसोसिएशन ऑफ इंडिया के वार्षिक सत्र के उद्घाटन के मौके पर जीडी बिरला ने सरकार पर अभियोग लगाते हुए कहा था:

'कांग्रेस सत्ता में वापसी करेगी, कम से कम केंद्र में, लेकिन काफी घटे हुए बहुमत के साथ... मुझे लगता है कि सरकार में एक ज्यादा मजबूत कैबिनेट होगी.

हमारे कुछ मंत्री जो नारों और वामपंथी भाषा में बात कर रहे हैं, अभी तक यह बात नहीं समझ पाए हैं कि यह 1967 है, 1952 नहीं. आज दुनिया दूसरी भाषा में बात कर रही है...'

कुछ दिन बाद अहमदाबाद मैनेजमेंट एसोसिएशन में इसी आरोप को दूसरी तरह से जेआरडी टाटा ने दोहराया. उन्होंने दलील दी कि सरकार को कृषि और परिवार नियोजन जैसे अहम क्षेत्रों में ध्यान लगाना चाहिए और 'शेष क्षेत्रों को डिमांग और सप्लाई (मांग और आपूर्ति) की शक्तियों के हवाले छोड़ देना चाहिए.' यह साफ तौर पर नेहरू के भारत पर वैचारिक और बौद्धिक हमला था.

वास्तव में लाखों बगावतें सिर उठा रही थीं. गो हत्या पर प्रतिबंध की मांग करते हुए साधु दिल्ली में उपद्रव कर रहे थे; नक्सली जत्थे पश्चिम बंगाल में अपनी क्रांतिकारी लपटें उठा रहे थे और यहां-वहां 'आज़ाद इलाकों' का निर्माण कर रहे थे; और महाराष्ट्र में शिवसेना आधुनिक नागरिकता के विचारों पर सवालिया निशान लगा रही थी.

इन विभिन्न शक्तियों, विचारों और कल्पनाओं ने मिलकर, जिसे इतिहासकार ज्ञानप्रकाश ने 'उदार लोकतंत्र के प्रोटोकॉल' कहा है, को चुनौती दी. और ऐसा लगने लगा कि उदार लोकतंत्र में इन बगावतों का हल करने के लिए जरूरी जज्बा और आंतरिक बल नहीं बचा है.

भारतीय सत्ता के मुख्य राजनीतिक उपकरण होने के नाते यह फैसला करना कांग्रेस पार्टी का यह ऐतिहासिक दायित्व था कि सुदीर्घ स्वतंत्रता संग्राम के दौरान निर्मित राष्ट्रीय आदर्शों और आकांक्षाओं के साथ विश्वासघात किए बगैर भारत को आगे कैसे बढ़ना है.

इंदिरा गांधी और उनके सलाहकार इस बात को लेकर बिल्कुल साफ थे : यथास्थिति को कायम नहीं रखा जा सकता और एक नई राजनीतिक अर्थव्यवस्था का निर्माण करना जरूरी है.

साथ ही वे इस बात को भी पूरी तरह समझ चुकी थीं कि सामने खड़े ऐतिहासिक राष्ट्रीय कार्य को पूरा करने में कांग्रेस नेतृत्व की न कोई दिलचस्पी है, न ही उनके पास इसके लिए जरूरी उपकरण हैं, न ही उनमें इस कार्य को कर सकने की क्षमता है.

इससे पहले कि वे राजनीति में सामान्य रूप से मौजूद यथास्थितिवादी शक्तियों के खिलाफ जंग छेड़ पातीं, उन्हें अपनी ही पार्टी के भीतर शक्ति परीक्षण से गुजरना पड़ा. भारत की ग्रैंड ओल्ड पार्टी में विभाजन अवश्यंभावी हो गया था.

इंदिरा गांधी 'इंदिरा' इसलिए बन पाईं, क्योंकि उन्होंने विभाजन की अगुआई करने में रणनीतिक स्पष्टता और चातुर्य का परिचय दिया. उन्होंने सीधे तौर पर पार्टी के शीर्ष नेताओं को चुनौती दी, जिन्होंने जवाब में भद्दे तरीके से भारत की सबसे प्रतिक्रियावादी और पुरातनपंथी शक्तियों – स्वतंत्र पार्टी और जनसंघ- के साथ गठबंधन किया.

जैसा कि इंदिरा और पार्टी में उनके सहयोगियों ने समझा, विकल्प स्पष्ट था: अगर कांग्रेस को राष्ट्रीय पुनर्नवीकरण और पुनराविष्कार का वाहक बनाना है, तो इसके ऊपर पसरे पुराने सड़े-गले तत्वों को हटाना पड़ेगा, इसे नई दृष्टि और नया आकार देना होगा.

28 दिसंबर, 1969 को अखिल भारतीय कांग्रेस कमेटी के बंबई सत्र के अध्यक्षीय वक्तव्य में जगजीवन राम ने इस दृष्टि को रेखांकित किया:

'..कांग्रेस एक ऐसी स्थिति में पहुंच गई है जहां इसे या तो क्रांतिकारी नीतियां अपनानी होंगी या विखंडित हो जाना होगा...

और सिर्फ कांग्रेस ही अकेले संकट में नहीं है. देश एक ऐसे दौर से गुजर रहा है जिसमें व्यावहारिक तौर पर सभी राजनीतिक पार्टियां आंतरिक असंतोष और विखंडन से जूझ रही हैं. ये आंतरिक असंतोष और कुछ नहीं लोकतांत्रिक कामकाज को लेकर विरोधी रवैयों और एक विकासशील देश की चुनौतियों की अभिव्यक्तियां हैं.

चिंता इस बात को लेकर है कि यह रुझान लोकतांत्रिक मोर्चे के विखंडन और लोकतांत्रिक कार्यकलाप और सरकार की स्थिरता के लिए खतरा पेश करनेवाले छोटे-छोटे समूहों के निर्माण की ओर लेकर जाएगा. लेकिन, अगर राजनीतिक दलों के बीच ये आंतरिक संघर्ष और असंतोष राजनीतिक शक्तियों के ध्रुवीकरण का रास्ता तैयार करेंगे, तो यह एक स्वागतयोग्य रुझान होगा और मैं इसका स्वागत करूंगा. मैं हमारी विचारधारा में यकीन करनेवाली सभी प्रगतिशील शक्तियों को हमारे संगठन में शामिल होने होने के लिए आमंत्रित करता हूं...'

बंबई सत्र में एक राजनीतिक प्रस्ताव पारित किया गया, जिसमें 'एक नई सामाजिक व्यवस्था के निर्माण की प्रक्रिया में मदद देने के लिए लोकतंत्र और समाजवाद में यकीन रखनेवाली प्रगतिशील शक्तियों से कांग्रेस में शामिल होने का आह्वान किया गया.'

एक नई कांग्रेस का निर्माण किया जाना था. इंदिरा गांधी के प्रमुख सिपहसलार पीएन हस्कर ने 1969 में ही समस्या के सार को पहचान लिया था: 'गरीब कांग्रेस को अनंत काल तक वोट देते नहीं रहेंगे, अगर यह गरीब किसानों और भूमिहीन

मजदूरों के प्रति चिंतित दिखाई देने की अपनी छवि को सुरक्षित रखने में कामयाब नहीं होगी.

कांग्रेस के चुनावी भाग्य के परे एक रणनीतिक चालाकी भी काम कर रही थी: जनता को उनकी सुषुप्त क्रांतिकारी आवेगों और प्रवृत्तियों से दूर करने के लिए एक नए राजनीतिक स्वप्न का ईजाद किया जाना भी जरूरी था. कांग्रेस को भारत में शांतिपूर्ण लोकतांत्रिक कायापलट के विचार की विश्वसनीयता का भी नवीकरण करना था.

राजनीति असल में संसाधनों का बंटवारे को लेकर संघर्ष से संबंधित है. इंदिरा गांधी ने कांग्रेस को एक ऐसी पार्टी के तौर पर नया रूप देने का काम किया जो गरीबों के हित में खेल में पक्षपात करने के लिए तैयार थी.

14 निजी बैंकों के राष्ट्रीयकरण को वंचितों के पक्ष में सबसे ज्यादा असकरक कदम के तौर पर पेश किया गया. यह कदम यथास्थितिवादी शक्तियों और बड़े कारोबारी घरानों के खिलाफ व्यूह रचना का हिस्सा था. और जब 15 दिसंबर, 1970 को सुप्रीम कोर्ट ने पूर्व रजवाड़ों के प्रिवीपर्स और दूसरे विशेषाधिकारों को समाप्त करनेवाले राष्ट्रपति के आदेश को रद्द कर दिया, तब इंदिरा गांधी ने इसे बेहद चालाकी से जनता का ध्यान खींचने वाले एक बड़े मुद्दे का रूप दे दिया.

उन्होंने 1971 के महाचुनावी संग्राम में सामाजिक कायापलट के एजेंडा के पक्ष में एक नये जनादेश की मांग की. 1971 का लोकसभा चुनाव विचारधारा के आधार पर लड़ी गई सबसे बड़ी लड़ाई बन गया.

एक तरफ महागठबंधन के बैनर तले यथास्थितिवाद में धंसी पुरानी व्यवस्था की अलग-अलग शक्तियां थीं, तो दूसरी तरफ नए विचारों, परिवर्तन और नवाचार के पैरोकार थे.

यह चुनाव एक व्यक्तिगत लड़ाई में तब्दील हो गया, जब इंदिरा गांधी के 'गरीबी हटाओ' के नारे के जवाब में 'इंदिरा हटाओ' का नारा दिया. ऐसा कोई नहीं चाहता था, लेकिन 1971 का चुनाव इंदिरा गांधी और भारत को सामाजिक कायापलट के रास्ते पर ले जाने के उनके वादे के नाम पर जनमत संग्रह में तब्दील हो गया.

'गरीबी हटाओ' का नारा अपने भीतर भारत की राजनीतिक अर्थव्यवस्था को आमूलचूल तरीके से पुनर्व्यवस्थित करने का अभूतपूर्व संकल्प धारण किए हुए था. इंदिरा गांधी ने अपनी अभिव्यक्ति हासिल कर ली, जनता से जुड़ीं और उन्होंने एक नयी राष्ट्रीय दिशा के लिए जनादेश मांगा.

इंदिरा गांधी की राजनीतिक जीत का संभवतः सबसे अहम आयाम यह था कि उनके आग्रह पर मतदाताओं ने स्वतंत्र और लोकतांत्रिक भारत में जीवित रह गई एक खासतौर पर असंगत व्यवस्था का डेथ वारंट लिख दियाः पूर्व रजवाड़ों की व्यवस्था, जो अपने विशेषाधिकारों और प्रिवीपर्स के साथ अकड़ कर चल रही थी.

इंदिरा गांधी ने चुनावी लोकतंत्र में अंतर्निहित वैधता और लोकप्रिय जनादेश को पलट कर गोलबंद किया और भारत की सामंती व्यवस्था के सर्वाधिक सामंती तत्व से, जो अपनी भूतपूर्व प्रजा पर परंपरागत प्रभाव का दिखावा करने की जिद पर अड़े हुए थे, बीस साबित हुईं

प्रिवीपर्स की समाप्ति अतीत से मुकम्मल और नाटकीय विच्छेद थी.

पुरातनपंथी शक्तियां, परंपरानुगामी तत्व और सुप्रीम कोर्ट संविधान में किए गए वादे को तोड़ने के खिलाफ थे, लेकिन इंदिरा गांधी और उनकी कांग्रेस पार्टी ने इस बात पर जोर दिया कि विशेषाधिकारों से कोई लक्ष्य हासिल नहीं हो रहा है और ये समतावादी सामाजिक व्यवस्था से किसी तरह के मेल में नहीं था और लोकतांत्रिक इरादों और व्यवहारों पर एक आघात था.

यहां यह ध्यान में रखना चाहिए कि 1971 से पहले भी इनमें से कुछ महाराजाओं को स्वतंत्र पार्टी और जनसंघ द्वारा बढ़ा-चढ़ाकर संसदीय और विधानसभा चुनावों में अपना उम्मीदवार बनाया गया था और लगभग हर बार पूर्व सामंती व्यवस्था ने आसान जीतें दर्ज की. लेकिन 1971 में कहानी बदल जाने वाली थी.

इससे पहले कभी भी महाराजाओं ने एक वर्ग के तौर पर खुद को कांग्रेस के खिलाफ एकजुट नहीं किया था. सबसे ज्यादा नाटकीय और लच्छेदार शब्दों वाला हस्तक्षेप संभवतः मेवाड़ के महाराणा ने किया, जिनका पूर्व हिंदू शासकों के बीच सर्वाधिक सम्मान था.

अखबारों में पैसे देकर छपवाए गए विज्ञापनों द्वारा महाराणा ने 'मेवाड़ के महाराणा के वंशज' के तौर पर अपने परंपरागत प्राधिकार का हवाला दिया जो अपने जाति और पंथ का भेद किए बगैर अपने लोगों की आस्था, संस्कृति और स्वतंत्रता की रक्षा करने में सबसे आगे रहे हैं.'

उन्होंने खुद को 'अपने पूर्वजों द्वारा सौंपी गई सेवा और बलिदान की महान परंपरा के वारिस' के तौर पर पेश किया. उन्होंने लोगों से 'राजनीतिक और आर्थिक शक्तियों के केंद्रीकरण' को खारिज करने का आह्वान किया और उन्हें एक 'अधिनायकवादी पैटर्न' के खतरों से आगाह कराया जिसके भीतर 'न तो व्यक्तिगत स्वतंत्रता और न ही लोकतांत्रिक प्रक्रिया जीवित रह पाएगी.'

यह एक महासंग्राम जैसा था. एक तरफ पूर्व सामंती शासक थे, तो दूसरी तरफ लोकतांत्रिक नेता. रजवाड़ों ने राजशाही की परंपरागत वैधता को धर्म प्रदत्त दैवीय अधिकारों से जोड़ कर संविधान की वैधता के खिलाफ खड़ा कर दिया था, जिसने लंबे स्वतंत्रता संघर्ष के दौरान लोकतांत्रिक मांगों और आकांक्षाओं से अपनी स्वीकार्यता और जीवन हासिल हासिल किया था. आधुनिक लोकतांत्रिक व्यवस्था की आत्मा दांव पर थी.

महराजाओं का 'परंपरागत प्राधिकार' पदानुक्रम आधारित सामाजिक व्यवस्था पर टिका था जो बगैर किसी अपराधबोध के दयालु निरंकुशता को वैधानिकता प्रदान करता है.

दो दशक से कुछ ज्यादा साल पहले तक इन राजाओं और महाराजाओं के पास अपनी प्रजा के ऊपर जीवन और मृत्यु की बेहिसाब, अबाध और चुनौती से परे शक्ति थी. और अब इन्हीं सामंती शासकों और जमींदारों ने भारत के संविधान में वर्णित लोकतांत्रिक व्यवस्था को सीधे चुनौती देने का फैसला कर लिया.

1971 की लड़ाई का एक उपपाठ यह था कि भारत ने काफी दृढ़ता के साथ सामंतों और सभी अतीत के मूल्यों और भावनाओं से अपना मुंह मोड़ लिया. और इस तरह से लोकतांत्रिक क्रांति अपने अंजाम पर पहुंच कर पूर्ण हो गई.

1971 की चुनावी सफलता के बाद दोनों ही पक्षों द्वारा बड़े पैमाने पर यह स्वीकार किया गया कि यह इंदिरा गांधी की व्यक्तिगत जीत थी. अब उन्होंने एक करिश्मा अख्तियार कर लिया था.

कांग्रेस पर उनका नियंत्रण पूर्ण हो गया था और उन्होंने चुनावी जनादेश का उपयोग मोहन कुमार मंगलम, केवी रघुनाथ रेड्डी और केआर गणेश, नुरुल हसन जैसे प्रगतिशील आवाजों को अपने मंत्रिपरिषद में शामिल करने के लिए किया.

भारतीय सत्ता के एक मजबूत उपकरण के तौर पर कांग्रेस एक नई ऊर्जा से भर गई थी. एक तरह की व्यक्तित्व पूजा की शुरुआत हुई. कुछ सालों के भीतर ही इसके अपने नुकसानदेह नतीजे दिखाई देनेवाले थे.

1971 एक ऐतिहासिक बिंदु था क्योंकि इंदिरा गांधी ने लक्ष्य और दिशा का एक बोध जगाकर सरकार की संस्था में नागरिकों के विश्वास की बहाली का काम किया. अगले दो दशकों तक भारत की सत्ता ठीक थी.

इंदिरा गांधी जी : अति उत्तम जवाब दिया है तुमने दर्शकों को।

विवेक कुमार पांडे : एक सवाल ओर में आप से पुछना चाहता हू आज्ञा दे।

इंदिरा गांधी जी : जरूर पुछो बेटा।

विवेक कुमार पांडे : पहले आम चुनाव की कहानी हमें आप बता सकते हैं ?

इंदिरा गांधी जी : शुरू से अंत तक में सभ कुछ देखती ही आ रही हुं । पहले कैसे होते थे चुनाव । 15 अगस्त 1947 को जब भारत बरतानवी हुकूमत की दासता से आजाद हुआ था तब किसने कल्पना की होगी कि संसदीय लोकतंत्र अपनाकर हम दुनिया की सबसे बड़ी चुनाव प्रक्रिया वाला देश बन जाएंगे। 16वीं लोकसभा के चुनाव के लिए करीब 81 करोड़ मतदाताओं का निबंधन समूची दुनिया को सुखद आश्चर्य मे डालने वाला है। लगभग हर आम चुनाव के समय हम सबसे बड़े मतदाता समूह और चुनावी ढांचा वाले देश के रूप में चिन्हित किए जाते हैं।

आज हम अपनी चुनाव प्रणाली और लोकतंत्र की चाहे जितनी खामियां निकालें, लेकिन जब अतीत में लौटकर विचार करते हैं तो इसे अविश्वसनीय उपलब्धि के रूप में पाते हैं। हम अपनी सरकार खुद चुन सकते हैं, यह भाव तब रोमांच पैदा करने वाला रहा होगा। वास्तव में आजादी के बाद हमारा पहला आम चुनाव इसी रोमांचकता के सामूहिक मनोविज्ञान मे संपन्न हुआ था। उस समय के समाचारों, नेताओं के भाषणों आदि को देखें तो इस मनोविज्ञान का अहसास हो जाएगा।

नवस्वतंत्र देश का लोकतंत्रीकरण यानी पूरा उत्सव का माहौल! खुदमुख्तारी के भाव से सराबोर समूचा भारतीय समाज मानो अंग्रेजों को झुठलाने तथा दुनिया को लोकतंत्र के लिए अपनी काबिलियत साबित कर रहा हो। वह समाज जिसे अंग्रेजों ने ऐसा समाज कहा था जो लोकतंत्र को न पचा पाएगा, न इसे संभालकर आगे बढ़ा पाएगा। लोकसभा की 497 तथा राज्य विधानसभाओं की 3283 सीटों के लिए भारत के 17 करोड़ 32 लाख 12 हजार 343 मतदाताओं का निबंधन हुआ। इनमें से 10 करोड़ 59 लाख लोगों ने, जिनमें करीब 85 फीसद निरक्षर थे, अपने जनप्रतिनिधियों का चुनाव करके पूरे विश्व को आश्चर्य में डाल दिया।

25 अक्टूबर 1951 से 21 फरवरी 1952 तक यानी करीब चार महीने चली उस चुनाव प्रक्रिया ने भारत को एक नए मुकाम पर लाकर खड़ा किया। यह अंग्रेजों द्वारा लूटा-पीटा, अनपढ़ बनाया गया कंगाल देश जरूर था, लेकिन इसके बावजूद इसने स्वयं को विश्व के घोषित लोकतांत्रिक देशों की कतार में खड़ा कर दिया।

25 अक्टूबर, 1951 को जैसे ही पहला वोट हिमाचल प्रदेश की चिनी तहसील में पड़ा, नए युग की शुरुआत हो गई। आजादी के संघर्ष के कारण देश के आम जनमानस में तो कांग्रेस का ही नाम बैठा था। इसलिए कांग्रेस ने 364 सीटें जीतकर प्रचंड बहुमत प्राप्त किया।

भारतीय कम्युनिस्ट पार्टी 16 सीटें जीतकर दूसरी सबसे बड़ी पार्टी के रूप में उभरी। आचार्य नरेंद्र देव, जयप्रकाश और डॉ. लोहिया के नेतृत्व वाली सोशलिस्ट

पार्टी को 12, आचार्य कृपलानी के नेतृत्व वाली किसान मजदूर प्रजा पार्टी को नौ, हिंदू महासभा को चार, डॉ. श्यामाप्रसाद मुखर्जी के नेतृत्व में भारतीय जनसंघ को तीन, रिवोल्यूशनरी सोशलिस्ट पार्टी को तीन और शिड्यूल कास्ट फेडरेशन को दो सीटें मिलीं।

कांग्रेस ने कुल 4,76,65,951 यानी 44.99 वोट हासिल किए। उस वक्त एक निर्वाचन क्षेत्र में एक से अधिक सीटें भी हुआ करती थीं, लिहाजा 489 स्थानों के लिए 401 निर्वाचन क्षेत्रों में ही चुनाव हुआ। 1960 से इस व्यवस्था को समाप्त कर दिया गया। एक सीटों वाले 314 निर्वाचन क्षेत्र थे। 86 निर्वाचन क्षेत्रों में दो सीटें और एक क्षेत्र में तीन सीटें थीं। दो सदस्य आंग्ल-भारतीय समुदाय से नामांकित हुए।

जवाहरलाल नेहरू ने अपने चुनाव प्रचार अभियान के तहत 40 हजार किमी की यात्रा की एवं करीब साढ़े तीन करोड़ लोगों को संबोधित किया। यह तब असाधारण एवं अभूतपूर्व कार्य था। हालांकि विपक्षी पार्टियों के लिए काम करने के अवसर थे, उनके पास तेजस्वी नेता भी थे, लेकिन उनके पास संगठन, संसाधन और कार्यकर्ता ऐसे नही थे कि इतना व्यापक अभियान चला सके। उस समय मीडिया का भी इतना विस्तार नहीं था कि उसके माध्यम से अपनी बात लोगों तक पहुंचा सकें।

तब भी अलग-अलग क्षेत्रों और राज्यों मे कांग्रेस से इतर पार्टियां आजाद भारत के पुनर्निर्माण, जीवन यापन, आम नागरिकों के अधिकार, राजनीतिक पार्टियों के ढांचे, अर्थव्यवस्था, समाज, संस्कृति आदि मुद्दों को लेकर जनता के बीच गईं। इसी का परिणाम था कि करीब 31 फीसद वोट इन पार्टियों को मिले।

आज इस बात की कल्पना करना कठिन है कि लोकसभा और विधानसभाओं के लिए पहला आम चुनाव सम्पन्न कराना कितना बड़ा कार्य था। घर-घर जाकर मतदाताओं का निबंधन करना ही अपने आपमें इतिहास बनाना था। बहुमत मतदाता की निरक्षरता का ध्यान रखते हुए ही पार्टियों और उम्मीदवारों के लिए चुनाव चिन्ह की व्यवस्था की गई। किंतु आज की तरह मतदान पत्र पर नाम और चिन्ह नहीं थे, हर पार्टी के लिए अलग-मतपेटी थी, जिन पर उनके चुनाव चिन्ह अंकित कर दिए गए थे। इसके लिए लोहे की दो करोड़ बारह लाख मतपेटियां बनाई गई थीं और करीब 62 करोड़ मतपत्र छापे गए थे।

इन मतपेटियों और मतपत्रों को संबंधित मतदान केन्द्रों तक पहुंचाना भी उस समय एक चुनौतीपूर्ण कार्य था। पहाड़ों, जंगलों, मैदानी इलाकों में नदी-नालों को पार करते हुए, पगडंडियों से गुजरते हुए नियत स्थान तक पहुंचने के लिए

अधिकारियों-कर्मचारियों को कितनी मशक्कत करनी पड़ी होगी, इसकी आसानी से कल्पना की जा सकती है। इस सबके दौरान कई लोग बीमार पड़ गए, कुछ की मृत्यु भी हो गई, कुछ लूट के शिकार हुए।

कहा जाता है कि पूर्वोत्तर में म्यांमार की सीमा से लगे मणिपुर के पहाड़ी क्षेत्रों में तो स्थानीय लोगों को यह कहकर तैयार किया गया कि आप इसे पहुंचाने मे मदद करें, बदले में आपको एक-एक कंबल तथा बंदूक का लाइसेंस दिया जाएगा। इस तरह अलग-अलग क्षेत्रों में अलग तरीके अपनाए गए।

उस समय सुकुमार सेन मुख्य चुनाव आयुक्त नियुक्त हुए थे। मतदाता निबंधन से लेकर, दलों के चुनाव चिन्ह का निर्धारण एवं साफ सुथरा चुनाव कराने के लिए योग्य अधिकारियों के चयन का काम उन्होंने बखूबी किया। वे सरकारी खजाने के पैसे की कितनी चिंता करते थे इसका उदाहरण था मतपेटियों को सुरक्षित रखना। उन्होंने जितना संभव हुआ मतपेटियों को सुरक्षित रखने की व्यवस्था की और 1957 के दूसरे आम चुनाव में इस कारण करीब साढ़े चार करोड़ रुपए खजाने के बचाए।

कुल मिलाकर कहने का तात्पर्य यह कि जिस चुनावी ढांचे के जरिए संसदीय लोकतंत्र का जो लंबा सफर हमने अभी तक तय किया है उसके लिए स्वाधीनता संग्राम के दौरान ही नहीं बल्कि स्वाधीनता के बाद भी लाखों लोगों इसमें अपना योगदान दिया।

चुनाव मैदान में राजनीतिक पार्टियां : पहले आम चुनाव के समय कांग्रेस की सर्वोच्चता अवश्य थी, उसकी स्वीकार्यता भी व्यापक थी, लेकिन विपक्ष भी वजूद में आ चुका था। भारतीय कम्युनिस्ट पार्टी तो पहले से थी ही, जयप्रकाश नारायण डॉ. राम मनोहर लोहिया के नेतृत्व में सोशलिस्टों का धड़ा भी कांग्रेस से बाहर आकर सोशलिस्ट पार्टी बना चुका था।

इसके अलावा जवाहरलाल नेहरू के मंत्रिमंडल के ही दो पूर्व सहयोगियो ने भी कांग्रेस के खिलाफ दो पार्टियों की शुरुआत कर दी थी। श्यामा प्रसाद मुखर्जी ने अक्टूबर, 1951 में भारतीय जनसंघ की स्थापना की थी तो डॉ. भीमराव आंबेडकर ने शेड्युल्ड कास्ट फेडरेशन को पुनर्जीवित कर दिया था, जो बाद में रिपब्लिकन पार्टी के नाम से जाना गया। वरिष्ठ स्वाधीनता सेनानी आचार्य जीवतराम भगवानदास (जेबी) कृपलानी ने किसान मजदूर प्रजा परिषद का गठन कर लिया था। भारतीय क्रांतिकारी कम्युनिस्ट पार्टी, बोल्शेविक पार्टी, फारवर्ड ब्लॉक के दो समूह, रिवोल्यूशनरी सोशलिस्ट पार्टी, हिंदू महासभा, अखिल भारतीय रामराज्य परिषद आदि। चुनाव मे कुल 53 पार्टियों ने भाग लिया जिनमें

14 राष्ट्रीय स्तर की और बाकी राज्य स्तर की पार्टियां थीं।

कौन-कौन नेता थे उस परिदृश्य में : पहले आम चुनाव में जवाहरलाल नेहरू का कद जरूर बड़ा था, उनके मर्मस्पर्शी मोहक नेतृत्व के चलते उनकी लोकप्रियता भी खूब थी लेकिन 1942 के भारत छोड़ो आंदोलन के हीरो रहे जयप्रकाश नारायण और डॉ राममनोहर लोहिया की भी विपक्षी नेताओं के रूप में प्रतिष्ठा थी।

आजादी की लड़ाई में सक्रिय रहे भारतीय जनसंघ के संस्थापक श्यामा प्रसाद मुखर्जी का भी अपना स्थान था। अपने-अपने क्षेत्रों में पूर्व राजाओं, जमीदारों, स्थानीय नेताओं आदि का भी सम्मान कायम था। इस कारण 38 स्थानों से 47 निर्दलीय जीते तो 10 स्थानों परनिर्विरोध निर्वाचन भी हुआ। उस समय निर्वाचित होने वालो में काका साहब कालेलकर भी थे, जो पहले पिछड़ा वर्ग आयोग के अध्यक्ष बने।

लालबहादुर शास्त्री, गुलजारीलाल नंदा, मोरारजी भाई देसाई, जीवी मावलंकर, हुमायूं कबीर, ए. के. गोपालन रफी अहमद किदवई, केशवदेव मालवीय, सुभद्रा जोशी, चौधरी ब्रह्मप्रकाश आदि नेताओं को पहले आम चुनाव ने ही संसद सदस्य बनाया। बाद में इनमें से पहले तीन नेता देश के प्रधानमंत्री बने। मावलंकर पहले लोकसभा के अध्यक्ष बने। इस चुनाव में डॉ. आंबेडकर बॉम्बे सुरक्षित सीट से कांग्रेस के नारायण साबोदा से पराजित हो गए।

विवेक कुमार पांडे : उसी से जुड़ा एक सवाल है . जब पहली बार भारत के लोगों ने डाला वोट, 1951 के आम चुनाव से अब तक क्या-क्या बदला ?

इंदिरा गांधी जी : पांच राज्यों में चुनाव हो चुके हैं और सभी नतीजों के लिए 10 मार्च की ओर टकटकी लगाए देख रहे हैं। इस बीच तमाम एग्जिट पोल की तरफ से चुनाव को लेकर तमाम तरह के अनुमान भी जताए जा रहे हैं। लेकिन आज आपको हम इन चुनावों या उसके आने वाले नतीजों को लेकर कुछ भी नहीं बताने जा रहे हैं। बल्कि आज आपको चुनाव के इतिहास में लेकर जा रहे हैं। अगर मैं आपसे सवाल करूं कि भारत आजाद कब हुआ? आप फट से 15 अगस्त 1947 कहेंगे। अगर मैं आपसे कहूं कि भारत गणतंत्र कब बना? आप कहेंगे 26 जनवरी 1950, हम आपका कोई जीके का टेस्ट नहीं ले रहे हैं। लेकिन अगर मैं आपसे पूछूं कि भारत लोकतंत्र कब बना। जाहिर सी बात है लोकतंत्र अंग्रेजों से तो हमें मिला नहीं। दरअसल, 26 जनवरी की घोषणा तो हो गई थी लेकिन थ्योरी में और प्रैक्टिकल अभी बाकी थी।

सारे सवालों के जवाब हमारे संविधान में छिपा था जो ये तय करता कि हमारा गणतंत्र और हमारा लोकतंत्र कैसा होगा। भारत को लोकतंत्र होना था और उसके

लिए जरूरी था चुनाव करवाना। चुनाव लोकतंत्र की एक आवश्यक शर्त है। आज से करीब 71 साल पहले 25 अक्टूबर को भारत में लोकसभा का पहला चुनाव शुरू हुआ। जो लगभग पांच महीनों तक चला था। उस समय भारत के लोगों के लिए आजादी बिल्कुल नई चीजें थी। हमारे पास आजादी का अनुभव केवल चार वर्ष का था लेकिन गुलामी का अनुभव करीब 800 वर्षों का था। कल्पना कीजिए जो देश 800 सालों से गुलाम था वो अचानक आजाद हुआ और इससे पहले वो देश भी नहीं था। देश बना, गणतंत्र बना और फिर वहां अचानक से चुनाव हुए। कहा गया कि ये लोकतंत्र बनेगा। लेकिन किसी ने भी लोकतंत्र को देखा नहीं था जाना नहीं था।

*देश का पहला आम चुनाव

वर्ष 1951 में आजाद भारत का पहला लोकसभा चुनाव हुआ था। वो भारत जो केवल एक वर्ष पुराना गणतंत्र था, जहां पर 35 करोड़ की आबादी में 85 प्रतिशत लोग अशिक्षित थे। उस समय संचार का कोई माध्यम नहीं था। टीवी नहीं था, रेडियो बहुत कम थे। अखबार बहुत कम थे और कोई माध्यम संचार का ऐसा नहीं था जो लोगों तक पहुंचता हो। लोकतंत्र को लेकर लोगों में जागरूकता न के बराबर थी क्योंकि लोकतंत्र को उन्होंने इससे पहले कभी देखा नहीं था। वहां पर आम चुनाव कराना कितनी बड़ी चुनौती थी।

*वोटर्स को जागरूक करना बड़ी चुनौती

वोट कैसे डालना है और कहां डालना है। इस समस्या का समाधान निकालने के लिए चुनाव आयोग ने एक फिल्म बनाई। जो देशभर के तीन हजार से ज्यादा सिनेमाघरों में दिखाई गई। लोग मुफ्त में जाकर ये फिल्म देख सकते थे। इसके साथ ही ऑल इंडिया रेडियो पर भी बहुत सारे कार्यक्रम होते थे। जिसमें लोगों को चुनाव प्रक्रिया के बारे में चुनाव के बारे में बताया जाता था। अखबारों में भी लेख और विज्ञापनों के माध्यम से लोगों को जागरूर किया गया। इस चुनाव में स्टील के कुल मिलाकर 25 लाख बैलेट बॉक्स इस्तेमाल किए गए थे। उस वक्त हर पार्टी का अलग बैलेट बॉक्स होता था। इस चुनाव में 180 टन पेपर का इस्तेमाल हुआ जिसपर उस जमाने में 10 लाख रूपये खर्च हुए थे।

***भारत में पहले आम चुनाव के बारे में कुछ प्रमुख बातें:

पहला आम चुनाव 25 अक्टूबर 1951 से 27 मार्च 1952 के बीच हुआ था

चुनाव के लिए करीब 1874 उम्मीदवारों और 53 पार्टियों ने चुनाव लड़ा था

पार्टियों ने 489 सीटों पर चुनाव लड़ा

कांग्रेस ने 364 सीटों के साथ चुनाव जीता क्योंकि लोगों ने उस पार्टी को वोट दिया जिसका नेतृत्व जवाहरलाल नेहरू ने किया था

भाकपा वह पार्टी है जो 16 सीटों के साथ दूसरे स्थान पर रही क्योंकि उन्हें लगभग 3.29 प्रतिशत वोट मिले

एसओसी 10.59 फीसदी वोटों के साथ चुनाव में तीसरे स्थान पर रही और 12 सीटों पर जीत हासिल की

पहले लोकसभा चुनाव में कांग्रेस के लिए कुल वोटों का लगभग 45 प्रतिशत मतदान हुआ था

भारत की जनसंख्या 36 करोड़ थी, जिसमें से 17.32 करोड़ जनसंख्या मतदान के योग्य थी

चुनाव में 45.7 प्रतिशत मतदान हुआ।

क्या रहा पहले आम चुनाव का परिणाम

देश के पहले आम चुनाव में आजादी की लड़ाई का दूसरा नाम बनी कांग्रेस ने 364 सीटें जीत कर प्रचंड बहुमत प्राप्त किया। देश के पहले आम चुनाव के बाद पंडित जवाहर लाल नेहरू प्रधानमंत्री बने। उनके अलावा 2 ऐसे नेता भी चुनाव जीते जो आगे चलकर भारत के प्रधानमंत्री बने, ये थे- गुलजारी लाल नंदा और लाल बहादुर शास्त्री।

विवेक कुमार पांडे : जी । धन्यवाद लेकिन एक सवाल आया है हमारे जनता कि तरफ से ।

इंदिरा गांधी जी : कहो ।

विवेक कुमार पांडे : भारतीय महिलाओं को वोटिंग अधिकार क्यों नहीं देना चाहते थे अंग्रेज़?

इंदिरा गांधी जी : अमरीका को देश की महिलाओं को समान वोटिंग अधिकार देने में 144 साल लग गए. ब्रिटेन को महिलाओं को वोट देने का अधिकार देने में लगभग एक सदी का समय लगा.

स्विट्ज़रलैंड के कुछ इलाकों में महिलाओं को वोट दे सकने का अधिकार 1974 में जाकर मिला. लेकिन भारतीय महिलाओं को वोट देने का अधिकार उसी दिन मिल गया था जिस दिन इस देश का जन्म हुआ था.

साल 1947 में भारत की वयस्क महिलाओं को किस तरह चुनाव में वोट देने का अधिकार मिला, गहन शोध के बाद लेखिका डॉक्टर ओर्निट शनि ने इस विषय पर एक किताब लिखी है.

वो कहती हैं कि क़रीब 10 लाख लोगों की मौत और एक करोड़ 80 लाख़ लोगों के घरों की तबाही के लिए ज़िम्मेदार बंटवारे की आग में झुलस रहे एक देश में ये फ़ैसला लिया जाना उस वक्त "किसी भी औपनिवेशिक राष्ट्र के लिए एक बहुत

बड़ी उपलब्धि थी."

*महिलाओं को नहीं देना चाहते थे अधिकार

आज़ाद भारत में वोटरों की संख्या पांच गुना तक बढ़कर करीब 17 करोड़ 30 लाख तक पहुंच गई थी. इसमें से करीब 8 करोड़ यानी आधी आबादी महिलाओं की थी. इनमें से करीब 85 फीसदी महिलाओं ने कभी वोट ही नहीं दिया था. दुर्भाग्य करीब 28 लाख महिलाओं के नाम वोटर लिस्ट से हटा देने पड़े क्योंकि उन्होंने अपने नाम ही नहीं बताए.

अपनी किताब 'हाओ इंडिया बिकेम डेमोक्रेटिक: सिटिज़नशिप ऐट द मेकिंग ऑफ़ द यूनिवर्सल फ्रैंचाइज़ी' में डॉ शनि ने औपनिवेशिक शासन के दौर में महिलाओं के मताधिकार के विरोध के बारे में लिखा है.

डॉक्टर शनि लिखती हैं कि ब्रिटिश अधिकारियों ने ये तर्क दिया था कि सार्वभौमिक मताधिकार "भारत के लिए सही नहीं होगा." ब्रिटिश शासन के दौरान भारत में चुनाव सीमित तौर पर होते थे जिसमें धार्मिक, सामुदायिक और व्यावसायिक धाराओं के तहत बांटी गई सीटों पर खड़े उम्मीदवारों के लिए कुछ वोटरों को ही मतदान करने की इजाज़त थी.

शुरुआत में महात्मा गांधी ने वोटिंग का अधिकार पाने में महिलाओं का समर्थन नहीं किया. उनका कहना था कि "औपनिवेशिक शासकों से लड़ने के लिए उन्हें पुरुषों की मदद करनी चाहिए."

इतिहासकार गेराल्डिन फ़ोर्ब्स लिखती हैं कि भारतीय महिला संगठनों को महिलाओं को मतदान का अधिकार पाने के लिए एक मुश्किल लड़ाई लड़नी पड़ी थी.

साल 1921 में बॉम्बे और मद्रास (आज की मुंबई और चेन्नई) पहले प्रांत बने जहां सीमित तौर पर महिलाओं को वोट देने के अधिकार दिए गए. बाद में 1923 से 1930 के बीच सात अन्य प्रांतों में भी महिलाओं को वोटिंग का अधिकार मिला.

डॉ फ़ोर्ब्स अपनी किताब 'वूमेन इन मॉडर्न इंडिया' में लिखती हैं कि ब्रितानी हाउस ऑफ़ कॉमन्स ने महिलाओं के लिए वोटिंग के अधिकार की मांग करने वाले कई भारतीय और ब्रितानी महिला संगठनों की मांग को नज़रअंदाज़ किया.

महिलाओं से भेदभाव और उनकी पर्दे में रहना इस फ़ैसले के पीछे उनकी आसान दलील थी.

*अधिकार से वंचित करने की कई दलीलें थीं

डॉ फोर्ब्स लिखती हैं, "साफ़ तौर पर ब्रितानी शासकों ने अल्पसंख्यकों के अधिकार के तौर पर केवल पुरुष अल्पसंख्यकों को ही अधिकार देने का वादा किया.

महिलाओं के मामले में उन्होंने कुछ महिलाओं के अलग-थलग होने के बहाने, पूरी महिलाओं को उनका हक देने से इनकार कर दिया."

औपनिवेशिक प्रशासकों और विधायकों दोनों ने ही मताधिकार की सीमाओं को बढ़ाने का विरोध किया था. डॉ फोर्ब्स के अनुसार वोटिंग का विरोध करने वाले "महिलाओं को कमतर आंकते थे और सार्वजनिक मामलों में उन्हें अक्षम मानते थे."

कुछ लोगों का कहना था कि महिलाओं को वोट देने का अधिकार देने से पति और बच्चों की उपेक्षा होगी. वो लिखती हैं कि "एक सज्जन ने तो यहां तक तर्क दिया कि राजनीतिक काम करने से महिलाएं स्तनपान कराने में असमर्थ हो जाएंगी."

महिला अधिकारों के लिए लड़नेवाली मृणालिनी सेन ने 1920 में लिखा था, "ब्रितानी सरकार के बनाए सभी क़ानून महिलाओं पर लागू होते थे" और अगर उनके पास संपत्ति है तो उन्हें टैक्स भी देना होता था, लेकिन उन्हें वोट देने का अधिकार नहीं था.

वो कहती हैं, "ये कुछ इस प्रकार था कि मानो ब्रितानी शासक महिलाओं से कह रहे हों कि न्याय पाने के लिए अदालत का दरवाज़ा खटखटाने की बजाय वो खुद ही स्थिति से निपटें."

भारत के आख़िरी औपनिवेशिक क़ानून, भारत सरकार अधिनियम, 1935 के तहत देश के 3 करोड़ लोगों को वोट देने का अधिकार दिया गया. ये देश की कुल वयस्क आबादी का पांचवां हिस्सा था. इसमें महिलाओं की संख्या कम थी.

पुरुषों पर निर्भर थी महिला की पात्रता

बिहार और उड़ीसा प्रांत (उस दौर में ये दो राज्यों एक ही प्रांत में आते थे) की सरकार ने मतदाताओं की संख्या कम करने और महिलाओं से मतदान का अधिकार छीनने की कोशिश की.

डॉ शनि लिखती हैं कि सरकार का मानना था, "अगर महिला तलाक़शुदा या विधवा है या उसके पास संपत्ति नहीं है तो उसका नाम मतदाता सूची से हटा दिया जाना चाहिए."

लेकिन जब अधिकारी भारत के पूर्वोत्तर में बसे खासी पहाड़ियों में उन समुदायों के संपर्क में आए जहां मातृसत्ता को माना जाता है, तो उन्हें महिलाओं के मामले में एक अपवाद देखने को मिला. इस समुदाय में संपत्ति महिलाओं के नाम पर होती है.

अलग-अलग प्रांतों ने भी महिलाओं के नाम शामिल करने से संबधित अपने-अपने नियम बनाए. मद्रास में अगर कोई महिला पेंशनधारी विधवा थी, किसी अधिकारी या सैनिक की मां थी या उसके पति टैक्स देते थे या संपत्ति के मालिक थे तो उसे मतदान करने का अधिकार दिया गया.

देखा जाए तो वोट देने की महिला की पात्रता पूरी तरह से उसकी पति की संपत्ति, योग्यता और सामाजिक स्थिति पर निर्भर थी.

डॉ शनि बताती हैं, "महिलाओं को वोट देने का अधिकार देना और उन्हें सही मायनों में वोटर लिस्ट में लेकर आना औपनिवेशिक शासन में काम कर रहे नौकरशाहों की कल्पना से परे था."

"इसका एक कारण उस वक्त की विदेशी सरकार का यहां की अशिक्षित जनता में भरोसे की कमी और गरीबों, ग्रामीण और अशिक्षितों को अधिकर देने के संबंध में उनकी नकारात्मक सोच का नतीजा थी."

*आज़ाद भारत में बदले हालात

लेकिन जब आज़ाद भारत ने ये तय किया कि वो देश के वयस्कों को वोट करने का यानी अपनी सरकार खुद चुनने का अधिकार देगी तो चीज़ें बदलने लगीं.

डॉ शनि लिखती हैं, "मतदाता सूची तैयार करने का काम नवंबर 1947 में शुरू हुआ. साल 1950 की जनवरी तक जब भारत को उसका अपना संविधान मिला तो उस वक्त तक सार्वभौमिक मताधिकार और चुनावी लोकतंत्र की सोच पुख्ता हो चुकी थी."

लेकिन साल 1948 में जब मसौदा मतदाता सूची की तैयारी की बारी आई तो उसमें अनेक समस्याएं थीं.

कुछ प्रांतों के अधिकारियों ने महिलाओं के नामों को लिखने में काफी दिक्कतें पेश आने के बारे में बताया. कई महिलाओं ने अपना नाम बताने से इनकार कर दिया और अपना नाम बताने की बजाय खुद को किसी की पत्नी, मां, बेटी या किसी की विधवा के रूप में पेश किया.

सरकार ने यह स्पष्ट कर दिया कि ऐसा करने की अनुमति नहीं दी जा सकती और महिलाओं का पंजीकरण उनके नाम से ही किया जाएगा.

पूर्व की औपनिवेशिक नीतियों से हटकर भारत सरकार ने कहा कि महिला को किसी अन्य की संबंधी के रूप में नहीं, बल्कि एक स्वतंत्र मतदाता के रूप में पंजीकृत किया जाएगा.

सरकार ने मीडिया का सहारा लेकर इस संबंध में प्रचार करने का काम शुरू किया और महिलाओं को अपनी खुद की पहचान के साथ नाम लिखवाने के लिए

उत्साहित किया. महिला संगठनों ने भी महिलाओं से अपील की कि वो अपने हितों की रक्षा करने के लिए खुद मतदाता बनें.

देश की पहली संसद के लिए अक्तूबर 1951 से फ़रवरी 1952 के बीच में हुए चुनावों में मद्रास की एक सीट से चुनाव लड़ने वाले एक उम्मीदवार ने कहा था, "मतदाता केंद्र के बाहर वोट देने को लिए महिला और पुरुष ग्रामीण धैर्य से घंटों इंतज़ार कर रहे थे. वो कहते हैं कि पर्दे में आई मुसलमान महिलाओं के लिए अलग वोटिंग बूथ की व्यवस्था की गई थी."

ये अपने आप में एक बड़ी जीत थी.

*आज भी जारी है लड़ाई जैसे कि में देख रही हुं

बेशक, महिलाओं के हक़ों की लड़ाई आज भी जारी है. साल 1966 से भारत की संसद के निचले सदन में 33 फ़ीसदी सीटें महिलाओं के लिए आरक्षित करने वाला एक बिल कड़े विरोध के कारण अब तक अटका हुआ है.

आज पहले से कहीं अधिक महिलाएं मतदान कर रही हैं और कभी-कभी पुरुषों से भी अधिक संख्या में वो मतदान कर रही हैं, लेकिन वो चुनाव में उम्मीदवार के रूप में वो कम ही नज़र आती हैं.

2017 में जारी की गई संयुक्त राष्ट्र की एक रिपोर्ट के अनुसार संसद में महिलाओं की संख्या की सूची में 190 देशों में भारत का स्थान 148 है. 542 सदस्य वाले संसद के निचले सदन में सिर्फ 64 सीटों पर ही महिलाएं हैं.

धन्यवाद।

विवेक कुमार पांडे : जी।

इंदिरा गांधी जी : अब में एक सवाल पुछना चाहतीं हुं। सवाल : एक राष्ट्रपति चुनाव, जिसने 'इंदिरा युग' की शुरुआत की ?

विवेक कुमार पांडे : प्रासंगिक: 1969 में हुए पांचवें राष्ट्रपति चुनाव ने इंदिरा गांधी को अबाध नियंत्रण स्थापित करने का मौका दिया, लेकिन इससे कहीं ज़्यादा इस ख़तरनाक विचार को बढ़ावा दिया कि सिर्फ़ एक नेता यह फैसला लेने में सक्षम है कि देश और उसकी जनता के लिए क्या सर्वश्रेष्ठ है.

एक और राष्ट्रपति चुनाव हमारे सामने है. अतीत में एक मौके के अलावा हर बार इस चुनाव का नतीजा पहले से लगभग तय रहा है. इसके बावजूद, हमारे राष्ट्रीय जीवन की यह महत्वपूर्ण घटना, राष्ट्रीय राजनीति की संभावित दिशा-सूचक का काम करती रही है. इस बार भी चीज़ें ज़्यादा अलग नहीं हैं, क्योंकि काग़ज़ पर अभी तक नरेंद्र मोदी सरकार के पास कुचल देने वाला बहुमत नहीं है.

इस बात में कोई विवाद नहीं है कि अगर विपक्ष इच्छाशक्ति दिखाए तो वह प्रधानमंत्री और उनके सलाहकारों को एक योग्य उम्मीदवार की तलाश करने के लिए सिर खपाने पर मज़बूर कर सकता है.

2014 के नतीजों और उत्तर प्रदेश में भाजपा को मिले जबरदस्त जनादेश के स्वभाव को देखते हुए, अगर अगला राष्ट्रपति सीधे संघ परिवार या कम से कम इसकी विचारधारा और सोच से जुड़ा हुआ नहीं हुआ, तो यह भाजपा के लिए किसी 'नैतिक झटके' से कम नहीं होगा.

राष्ट्रपति चुनाव की अहमियत को देखते हुए, इतिहास के उस अध्याय में जाना दिलचस्प होगा, जब राष्ट्रपति चुनाव में मुकाबला बेहद कांटे का रहा था और नतीजे के लिए सेंकंड प्रिफरेंस (द्वितीय वरीयता) मतों की गिनती करनी पड़ी थी.

यह सब हुआ अगस्त, 1969 में हुए पांचवें राष्ट्रपति के चुनाव में. यह पहला मौका था, जब राष्ट्रपति ज़ाकिर हुसैन के असामयिक निधन के कारण किसी राष्ट्रपति के कार्यकाल के बीच में ही चुनाव कराने की ज़रूरत पड़ गई थी.

इस चुनाव का दृश्य अद्‌भुत था, जब 'स्वतंत्र' उम्मीदवार के तौर पर चुनाव लड़ रहे उपराष्ट्रपति वीवी गिरि ने कांग्रेस पार्टी के 'आधिकारिक' उम्मीदवार नीलम संजीव रेड्डी को शिकस्त दी थी.

लेकिन, अब तक के इस सबसे नाटकीय राष्ट्रपति चुनाव को, जिसमें प्रधानमंत्री ने अपनी ही पार्टी के उम्मीदवार को समर्थन नहीं दिया था, इतिहास से काटकर याद नहीं किया जा सकता.

इसे 1967 के आरंभ और चौथे आम चुनाव के समय से शुरू हुए सियासी घटनाक्रम के संदर्भ में ही समझा जा सकता है. 50 साल पहले हुए इस चुनाव ने कई मायनों में एक युग के अंत की घोषणा की.

पांचवें राष्ट्रपति चुनाव के झटकों ने कांग्रेस पार्टी, सरकार और सरकार के अंदरूनी समीकरणों में दूरगामी बदलावों की शुरुआत की. यह घटना भारतीय राजनीतिक प्रक्रिया में एक विभाजक बिंदु की तरह है, जब राजनीतिक व्यक्तिवाद का आगमन हुआ, जो लोकतांत्रिक संस्थाओं और परंपराओं पर खरोंच के निशान छोड़ गया.

लोकतंत्र के इस अध्याय को याद करना इसलिए भी ज़रूरी है, क्योंकि वर्तमान राजनीतिक नैरेटिव से इसकी कई मायनों में ज़बरदस्त समानता है.

जनवरी, 1966 में लाल बहादुर शास्त्री की मृत्यु के बाद इंदिरा गांधी को कांग्रेस पार्टी का नेता चुना गया था. इस चुनाव में मोरारजी देसाई ने उन्हें तीखी टक्कर दी थी.

चौथे आम चुनाव के वक़्त पार्टी पर इंदिरा गांधी का कोई ख़ास प्रभाव नहीं था और इस बात की कोई गारंटी नहीं थी चुनाव के बाद पार्टी नेतृत्व उन्हें इस पद पर रहने देगा. इस स्थिति का मुकाबला करने के लिए इंदिरा गांधी ने 1966 से अपना अलग रास्ता बनाना शुरू किया.

भारतीय रुपये की कीमत कम करने का विवादास्पद फैसला इस दिशा में पहला कदम था. यह नरेंद्र मोदी द्वारा हजार और पांच सौ रुपये के नोट बंद करने के फैसले से कम विवादास्पद फैसला नहीं था और इसने पार्टी नेतृत्व को भी क्रुद्ध कर दिया था.

यह फैसला साफ तौर पर अमेरिका और अंतरराष्ट्रीय वित्तीय संस्थाओं को खुश करने और उन्हें सूखे के कारण पैदा हुए खाद्य और संसाधन संकट से पार पाने में भारत की मदद करने के लिए मनाने के मकसद से लिया गया था.

फिर भी प्रधानमंत्री इस लाइन पर अधिक समय तक नहीं टिक सकीं और महीने भर के भीतर उन्होंने वियतनाम के हनोई और हाइफौंग शहर पर अमेरिकी बमबारी की तीखी आलोचना कर दी.

इसके नतीजे के तौर पर सोवियत रूस की तरफ हुआ भारत का झुकाव दरअसल एक ऐसे नेता का बेहद नाप-तौल कर उठाया गया कदम था, जो पार्टी सिंडिकेट और पार्टी के वरिष्ठ नेताओं की मंडली से (जो ये मानकर चल रहे थे कि वह हमेशा उनके वश में रहेंगी) भविष्य में अपनी आजादी की योजना बना रही थीं.

1967 के आम चुनाव से कुछ महीने पहले, इंदिरा गांधी ने पार्टी संगठन को दरकिनार करते हुए जनता के साथ सीधा संवाद बनाना शुरू कर दिया.

आज अगर हम पीछे मुड़कर इंदिरा गांधी के युग का मूल्यांकन करें, तो उनके इस कदम को पार्टी और सरकार के भीतर सत्ता और नेतृत्व को केंद्रीकृत करने के इरादे से उठाए गये पहले कदम के तौर पर दर्ज कर सकते हैं.

हालांकि, उन्हें मोरारजी देसाई को उप-प्रधानमंत्री के तौर पर स्वीकार करने पर मजबूर होना पड़ा था, लेकिन 1967 में कांग्रेस को हुए चुनावी नुकसान ने इंदिरा गांधी को अपने दम पर नेता के तौर पर उभरने का मौका दिया.

पार्टी सिंडिकेट, जिसमें के.कामराज, एस. निजालिंगप्पा, अतुल्य घोष और एन. संजीव रेड्डी शामिल थे, के साथ उनका संघर्ष बिना किसी नतीजे के दो वर्षों से ज्यादा समय तक चलता रहा.

हालांकि, प्रधानमंत्री के तौर पर इंदिरा गांधी 1967 के मध्य में लोकलुभावन दस-सूत्री कार्यक्रम का ऐलान करने में कामयाब रहीं, लेकिन बतौर वित्त मंत्री देसाई ने भी सरकार की लोकप्रियता को बढ़ाने में कोई खास मदद नहीं करने वाला 'गोल्ड

कंट्रोल एक्ट' लाकर अपनी स्वायत्त सत्ता का परिचय दिया था.

लेकिन फिर भी इंदिरा गांधी पार्टी के ओल्ड गार्ड से निर्णायक लड़ाई के लिए सही मौके का इंतजार करती रहीं.

यह मौका 1969 में आया, जब नियति ने पहली बार किसी सेवारत राष्ट्रपति को पद से हटा दिया. ज़ाकिर हुसैन की मृत्यु पर गिरि कार्यवाहक राष्ट्रपति बने.

इस घटना ने एक वजह से कानून निर्माताओं को चिंता में डाल दिया, क्योंकि उन्होंने पाया कि संविधान इस बारे में चुप है कि किसी दुर्भाग्यवश कार्यवाहक राष्ट्रपति की भी मृत्यु हो जाने या उनके इस्तीफे की स्थिति में सरकार के प्रमुख का दायित्व कौन निभाएगा?

नतीजे के तौर पर संसद ने तीन हफ्ते के बाद प्रेसिडेंट (डिस्चार्ज ऑफ ड्यूटी) एक्ट पारित किया, जिसमें यह व्यवस्था की गई कि कार्यवाहक राष्ट्रपति के भी पद पर न रहने की सूरत में भारत के मुख्य न्यायाधीश यह जिम्मेवारी संभालेंगे और अगर उनका पद भी रिक्त हो, तो तो सर्वोच्च न्यायालय के वरिष्ठतम जज यह दायित्व निभाएंगे.

1969 से पहले तक, उपराष्ट्रपति को राष्ट्रपति बनाने की प्रथा का पालन किया जा रहा था, लेकिन, सिंडिकेट गिरि को पदोन्नति देने के पक्ष में नहीं था और लोकसभा अध्यक्ष नीलम संजीव रेड्डी को राष्ट्रपति बनाना चाहता था.

इंदिरा गांधी की समझ थी कि इसका उद्देश्य आखिरकार उन्हें पद से हटाना और देसाई को प्रधानमंत्री बनाना है.

परिणामस्वरूप, 10 जुलाई को बेंगलौर में हुई कांग्रेस संसदीय दल की बैठक में उन्होंने कांग्रेस उम्मीदवार के तौर पर जगजीवन राम का नाम आगे बढ़ाया. उन्होंने दलील दी कि महात्मा गांधी के शताब्दी वर्ष में एक दलित को राष्ट्रपति के तौर पर चुनना, महात्मा को सच्ची श्रद्धांजलि होगी और इससे सामाजिक समावेशीकरण के प्रति पार्टी की प्रतिबद्धता भी साबित होगी.

लेकिन, वे संख्याबल में पिछड़ गईं और उन्हें नीलम संजीव रेड्डी को पार्टी के उम्मीदवार के तौर पर स्वीकार करना पड़ा, जब रेड्डी ने अपना नामांकन पर्चा भरा. लेकिन, इस समय तक गिरि ने भी स्वतंत्र उम्मीदवार के तौर पर अपनी उम्मीदवारी घोषित कर दी.

लोग ये कयास लगाते रहे हैं कि क्या गिरि के इस फैसले की जानकारी इंदिरा गांधी भी थीं, लेकिन इसके पक्ष या विपक्ष में कोई सबूत नहीं मिलता.

लेकिन, चूंकि प्रधानमंत्री ने पार्टी के संसदीय दल के नेता के तौर पर 1952 के प्रेसिडेंशियल एंड वाइस प्रेसिडेंशियल एक्ट का हवाला देते हुए रेड्डी के पक्ष में व्हिप

जारी से इनकार कर दिया, इसलिए ऐसा लगता है कि गिरि के फैसले में श्रीमती गांधी की रजामंदी रही होगी.

इसके अलावा, कई कांग्रेसी कानून निर्माताओं ने 'अंतरात्मा के आधार पर वोट' करने की टेर लगाई थी और जैसा कि परिणाम दिखाते हैं, 163 कांग्रेस सांसदों ने गिरि के पक्ष में मतदान किया.

17 मे से 11 राज्यों के निर्वाचन मंडल में बहुमत प्राप्त हुआ था, जिनमें 12 में कांग्रेस बहुमत में थी. इससे साफ होता है कि गिरि को देशभर से व्यापक समर्थन मिला और उनकी जीत सिर्फ कम्युनिस्ट और क्षेत्रीय पार्टियों के समर्थन के बदौलत नहीं हुई थी.

सिंडिकेट के सदस्यों ने, जिनका पार्टी पर वर्चस्व था, एक भारी चूक की. उन्होंने अपने समर्थकों से अपना सेकेंड प्रिफरेंस वोट (द्वितीय वरीयता मत) सीडी देशमुख के पक्ष में डालने का निर्देश दिया, जिन्हें जनसंघ और स्वतंत्र पार्टी ने खड़ा किया था.

इसने श्रीमती गांधी के समर्थकों को निर्वाचक मंडल को वाम और दक्षिण में ध्रुवीकृत करने का मौका दे दिया. प्रधानमंत्री के तौर पर इंदिरा गांधी 1966 से ही एक सोची समझी रणनीति के तहत वाम रुझान का प्रदर्शन कर रही थी. सिंडिकेट की इस चूक से उनकी पसंद रातोंरात एक 'वामपंथी लक्ष्य' बन गई.

इंदिरा गांधी प्राइवेट बैंकों के राष्ट्रीयकरण की अपनी योजना पर आगे बढ़ने के लिए सही मौके का इंतजार कर रही थीं.

रेड्डी को कांग्रेस के आधिकारिक उम्मीदवार के तौर पर स्वीकार करने के लिए मजबूर किए जाने के चंद दिनों के भीतर ही उन्होंने वार किया और 16 जुलाई को मोरारजी देसाई को वित्त मंत्री के पद से हटा दिया और चार दिन बाद 20 जुलाई को नाटकीय तरीके से बैंकों का राष्ट्रीयकरण करने का ऐलान कर दिया.

दिलचस्प यह है कि इस्तीफा देकर राष्ट्रपति पद के लिए चुनावी मैदान में उतरने से पहले यह वीवी. गिरि द्वारा बतौर कार्यवाहक राष्ट्रपति दस्तखत किया गया आखिरी ऑफिस ऑर्डर था. इस फैसले का तरीका कई मायनों में पिछले नवंबर की घटनाओं से मेल खाता है. दोनों ही मामलों में फैसला एक व्यक्ति का था, जिसे कैबिनेट के सामने महज औपचारिकता पूरी करने के लिए रखा गया.

इन चुनावों में कुल 8,36,337 वोट पड़े थे और जीत के लिए 4,18,169 मतों का मध्य बिंदु निर्धारित किया गया था. गिरि को 4,01,515 और रेड्डी को 3,13,548 मत मिले.

किसी के भी सीमारेखा पार न करने के कारण सेंकेंड प्रिफरेंस वोट (द्वितीय वरीयता मत) की गिनती जरूरी हो गई. 15 उम्मीदवारों में से मतों के हिसाब से सबसे नीचे से ऊपर तक एक-एक करके उम्मीदवारों को मिले सेकेंड प्रिफरेंस वोटों को शीर्ष दो उम्मीदवारों में जोड़ा गया.

आखिरकार गिरि के वोटों का आंकड़ा, 4,20,077 पर पहुंच गया और रेड्डी 4,05,427 मतों के साथ पीछे रह गए. इंदिरा गांधी ने 'अपना राष्ट्रपति' बना लिया और इसी भावना ने 1974 (फख़रुद्दीन अली अहमद) और 1982 (ज्ञानी जैल सिंह) में राष्ट्रपति पद के लिए उनकी पसंद तय करने का काम किया.

लेकिन यह कहानी का अंत नहीं था. इन घटनाओं के बाद ऐसी कोई सूरत नहीं बची थी कि इंदिरा गांधी और उनके प्रतिस्पर्धी एक ही पार्टी में रह सकते. नवंबर, 1969 में एक बड़े तमाशे के तहत कांग्रेस कार्यकारी समिति की दो समानांतर बैठकें एक साथ हुईं.

एक पार्टी कार्यालय में और दूसरा प्रधानमंत्री के आवास पर. 84 सालों के बाद भारतीय राष्ट्रीय कांग्रेस, कांग्रेस (आर-रिक्विजशनल) और कांग्रेस (ओ-ऑर्गनाइजेशनल) में दोफाड़ हो गई.

1967 में शुरू हुए घटनाक्रम ने एक प्रक्रिया को जन्म दिया, जिसने देश की राजनीतिक संस्कृति और प्रशासन के ढांचे को बदल कर रख देने का काम किया. इंदिरा गांधी ने सत्ता के पलड़े को अपने पक्ष में झुकाने के लिए एक वैचारिक मुद्दे का दामन थामा.

पार्टी में मजबूत क्षेत्रीय छत्रपों की जगह जी-हुजूरी करनेवालों ने ले ली. प्रशासन की कैबिनेट प्रणाली कमजोर हुई और सारी शक्तियां प्रधानमंत्री में सीमित करने की प्रक्रिया की शुरुआत हुई, जो आगे चलकर और मजबूत हुई.

'प्रतिबद्ध न्यायपालिका' के विचार में 'प्रतिबद्ध नौकरशाही' के ख्याल को मिला दिया गया और अब यह तर्क दिया गया कि प्रतिबद्धता खराब शब्द नहीं है.

अभी की ही तरह लोकसेवकों को राजनीतिक तौर पर तटस्थ रहने की जगह खास वैचारिक झुकाव रखने के लिए प्रोत्साहित किया गया. लेकिन इससे भी ज्यादा महत्वपूर्ण यह है कि नेता के प्रति वफादारी का मतलब देश के प्रति ईमानदारी और वफादारी बन गया. और उसका विरोध 'देशद्रोह' करार दिया गया.

देश के बड़े वर्ग को पिछले तीन सालों से जो डर सता रहा है, उसकी जड़ें उस कालखंड से जुड़ी हैं. राष्ट्रपति चुनाव ने इंदिरा गांधी को अबाध नियंत्रण स्थापित करने का मौका दिया था, मगर इसने कहीं ज्यादा परेशान करनेवाले विचार को सहारा देने का काम किया: कि एक सिर्फ एक नेता यह फैसला लेने में सक्षम है कि

देश और उसकी जनता के लिए क्या सर्वश्रेष्ठ है.

लेखक, वेद मेहता को दिए गए एक इंटरव्यू में इंदिरा गांधी ने संसदीय प्रणाली को 'मरणासन्न' करार दिया था. पिछले तीन वर्षों में वर्तमान निज़ाम ने भी ने ऐसे ही विचार प्रकट किए हैं और उच्च सदन को 'निर्वाचित न हो सकने वालों की निरंकुशता' करार दिया है.

1969 के राष्ट्रपति चुनाव ने उस प्रक्रिया की शुरुआत की जिसमें कांग्रेस पार्टी चुनाव जीतने के लिए एक बगैर हिसाब-किताब की (अनऑडिटेड) पार्टी बन गई. आज जब सत्ताधारी पार्टी के अध्यक्ष यह निर्लज्ज घोषणा करते हैं कि उनका मुख्य मकसद चुनाव जीतना है, तो देश के सर्वोच्च पद के चुनावों की ओर बढ़ते हुए शरीर मे थरथराहट का होना स्वाभाविक ही है.

इंदिरा गांधी जी : एक ब्रेक ले लो बेटा । करीब 3 घंटे से ज्यादा का इंटरव्यू हो गया है । ब्रेक के बाद लास्ट सेसन होगा इंटरव्यू का ।

विवेक कुमार पांडे : जी आप जैसा कहे । दर्शकों आप कही भी मत जाइएगा हम फिर लौटेंगे एक छोटे से ब्रेक के बाद धन्यवाद . ।

2

इंटरव्यू हम जारी रखते हैं

(सुबह के सात बज रहे थे और हमारा इंटरव्यू अभी तक खत्म नहीं हुआ है । ब्रेक लेने के बाद , इंटरव्यू फिर से लाईव)

विवेक कुमार पांडे : स्वागत है आप सभी का हमारे इस लाईव इंटरव्यू सो में हमारे सामने विराजमान हैं श्री मती इंदिरा गांधी जी ।

इंदिरा गांधी जी : जी नमस्ते सभी दर्शकों को ।

विवेक कुमार पांडे : जी सो को आगे बढाए ।

इंदिरा गांधी जी : हां । सवाल : इमरजेंसी के 43 साल: कैसे बीते थे वो महीने, क्या-क्या हुआ देश में उस दौरान और क्या इंदिरा गांधी के साथ किया गया बदसलूकी ?

विवेक कुमार पांडे : देश के उस काल को उस दौर के पत्रकार अंधाकाल कहते हैं। जानकार बताते हैं कि आपातकाल की घोषणा की 20 सूत्री कार्यक्रम की आड़ में की गई थी लेकिन उस दौरान देश में राजनेताओं से लेकर आम जनता के साथ, महिलाओं के साथ और मीडिया के साथ जो व्यवहार किया गया वह न केवल निंदनीय है बल्कि अक्षम्य भी है।

जाने-माने समाजवादी चिंतक सुरेंद्र मोहन ने अपने एक लेख में लिखा था कि आपातकाल कि घोषणा केवल मौजूदा सरकार, इंदिरा गांधी के निजी फायदों और सत्ता को बचाने के लिए लिया गया फैसला था। इमरजेंसी यानी आपातकाल की घोषणा के बाद 1975 में बहुत चालाकी के साथ चुनाव संबंधी नियम-कानूनों को संशोधित किया गया।

इंदिरा गांधी की अपील को सुप्रीम कोर्ट में स्वीकार करवाया गया ताकि इलाहाबाद उच्च न्यायालय द्वारा उनके रायबरेली संसदीय क्षेत्र से चुनाव रद्द किए जाने के फैसले को उलट दिया जाए। आपातकाल की घोषणा के दौरान इंदिरा गांधी और उनके चमचों ने मंत्रिमंडल तक से सलाह नहीं ली। कैबिनेट की मीटिंग 26 की सुबह तड़के बुलाई गई जिसमें कैबिनेट के गिनेचुने मंत्री ही शामिल हो सके। यही नहीं उनमें से जब कुछ मंत्रियों ने इसका विरोध किया तो उन्हें मंत्रालय से बाहर का रास्ता दिखा दिया गया।

*क्या क्या हुआ उस दौरान

25 जून की रात को आपातकाल की घोषणा की गई और आधी रात से ही सभी राज्यों के मुख्य सचिवों को विपक्षी नेताओं की गिरफ्तारी के आदेश दिए गए। उस दौरान बिहार में जेपी आंदोलन की मुहिम चल चुकी थी जो देशभर में पहुंच रही थी। उस रात जेपी दिल्ली में थे और 26 की सुबह वह पटना के लिए रवाना होने वाले थे कि उन्हें गिरफ्तार कर लिया गया।

आपातकाल के दौरान कांग्रेस की सरकार ने सबसे ज्यादा विपक्ष के राजनेताओं को जेल में ठूंसा। यही नहीं कांग्रेस कार्यकारिणी के सदस्य चंद्रशेखर और संसदीय दल के सचिव रामधन को भी गिरफ्तार कर लिया गया क्योंकि इन नेताओं ने इमरजेंसी का पुरजोर विरोध किया। उस काल के पत्रकारों का कहना है कि आपातकाल के एक हफ्ते के भीतर देशभर से करीब 15 हजार लोगों को जेल पहुंचा दिया गया। परिवार वालों को अपने नेता रिश्तेदार की भनक तक नहीं लग रही थी कि वे कहां हैं।

क्या अफसर और क्या अफसरशाही, मीडिया, कानून तक इमरजेंसी के दायरे में था। जेपी आंदोलन में आंदोलन की पत्रिका चला रहे वरिष्ठ पत्रकार अशोक कुमार कहते हैं बहुत मुश्किल दौर था। महीनों हम एक जगह से दूसरी जगह छुपते फिरते रहे थे। हर दिन पत्रिका की सामग्री के साथ हम छुपते रहते थे। सारा काम अंडर ग्राउंड होता था। सामग्री एकत्रित करने से लेकर पत्रिका को छापने और आम जन तक पहुंचाने का चोरी छुपे किया जा रहा था।

राजनेता जिन्हें जेल में रखा गया उनके साथ बदसलूकी के कई किस्से हैं। किसी को इतना मारा गया कि हड्डियां तोड़ दी गईं। बंगलूरू में जॉर्ड फर्नांडिस के भाई लारेंस को तो इतना पीटा गया कि वह सालों सीधे खड़े नहीं हो पाए। इस दौरान दो क्रातिकारियों किश्तैया गौड़ और भूमैया को फांसी दे दी गई।

*संविधान और कानून की धज्जियां उड़ाई गईं

इमरजेंसी इंदिरा गांधी और संजय गांधी की तानाशाही का ही नतीजा थी। देश में अव्यवस्था के नाम पर संविधान और कानून में अपने हिसाब से बदलाव किए गए। आपातकाल के पहले हफ्ते में ही संविधान के अनुच्छेद 14, 21 और 22 को समाप्त किया गया। ऐसा कर सरकार ने कानून की नजर में सबकी बराबरी, जीवन और संपत्ति की सुरक्षा की गारंटी और गिरफ्तारी के 24 घंटे के अंदर अदालत के सामने पेश करने के अधिकारों पर रोक लगा दी। अभिव्यक्ति, प्रकाशन करने, संघ बनाने और सभा करने की आजादी को छीनने के लिए जनवरी 1976 में अनुच्छेद 19 को निलंबित किया गया। राष्ट्रीय सुरक्षा काननू (रासुका) तो पहले से ही लागू था जिसमें कई बदलाव किए गए।

वैसे आपातकाल की कहानी तो इलाहाबाद कोर्ट के उस फैसले के बाद लिखी गई थी जब राजनारायण के पक्ष में फैसला देते हुए 1971 के चुनाव को रद्द कर दियाथा। इंदिरा राजनारायण के इसी मुकदमे के इलाहाबाद हाईकोर्ट के फैसले को अपने पक्ष में करने और सुप्रीम कोर्ट के अंतरिम फैसले का निबटारा करने के लिए कानून बनाया गया।

संविधान को संशोधित करके कोशिश की गई कि राष्ट्रपति, प्रधानमंत्री, उपराष्ट्रपति और लोकसभा अध्यक्ष पर जीवन भर किसी अपराध को लेकर कोई मुकदमा नहीं चलाया जा सकता। इस संशोधन को राज्यसभा ने पारित भी कर दिया लेकिन इसे लोकसभा में पेश नहीं किया गया। सबसे कठोर संविधान का 42वां संशोधन था, इसके जरिए संविधान के मूल ढांचे को कमजोर करने, उसकी संघीय विशेषताओं को नुकसान पहुंचाने और सरकार के तीनों अंगों के संतुलन को बिगाड़ने का प्रयास किया गया।

रासुका में 29 जून, 1975 में ऐसे संशोधन किए गए जो किसी भी लिहाज से सही नहीं कहे जा सकते हैं। इस संविधान के संशोधन के बाद नजरबंदी की सजा काट रहे बंदियों को इसका कारण जानने का अधिकार खत्म कर दिया गया। इसे एक साल से अधिक समय तक बंदी बनाए रखने का प्रावधान बनाया गया। वहीं आपातकाल के तीसरे हफ्ते में 16 जुलाई, 1975 को इसमें बदलाव करके नजरबंदियों को कोर्ट में अपील करने के अधिकार भी छीन लिया गया। 10 अक्टूबर, 1975 के संशोधन के बाद नजरबंदी के कारणों की जानकारी कोर्ट या किसी को भी देने को अपराध बना दिया गया।

*मीडिया पर लगाए प्रतिबंध

आपातकाल के दौरान मीडिया को पंगु बनाने की पूरी कोशिश की गई। बहादुर शाह जफर मार्ग स्थित मीडिया हाउस की बिजली सप्लाई रोकी गई। अखबारों पर

सेंसर लगा दिया गया। क्या छपेगा और क्या नहीं इसका नियंत्रण सरकार अपने हाथों में चाहती थी और इसपर नया कानून तक बनाया गया।। समाचार एजेंसियों पर लगाम लगाया गया।

देशभर में पत्रकारों, मीडिया संस्थानों के मालिकों और संपादकों पर अत्याचार किया गया यही नहीं कई संपादकों को जेल की हवा तक खिलाई गई। इस दौरान पूरी कोशिश रही कि आम जनता तक नेताओं की गिरफ्तारी की खबरें न पहुंचे लेकिन सारी कोशिशें असफल रहीं। तत्कालीन सूचना प्रसारण मंत्री आई के गुजराल के विरोध के बाद उन्हें पद से हाथ धोना पढ़ा और विद्याचरण शुक्ल को मंत्री पद की शपथ दिलाई गई।

सिनेमा भी इससे अछूता नहीं रहा। आपातकाल के दौरान अमृत नाहटा की फिल्म 'किस्सा कुर्सी का' को जबरदस्ती बर्बाद करने की कोशिश हुई। किशोर कुमार को काली सूची में डाल दिया गया। ऑल इंडिया रेडियो पर उनके गाए गीतों को बजाने की मनाही हो गई। फिल्म 'आंधी' पर पाबंदी लगा दी गई। इस फिल्म को इंदिरा के जीवन की कहानी प्रभावित फिल्म बताया जाता है।

महज आर्थिक आपातकाल कहकर भ्रम फैलाया गया

आपातकाल के दौरान मजदूरों और गरीबों का भी शोषण किया गया। सिर्फ पश्चिम बंगाल में करीब 16 हजार मजदूरों को जेल में बंद किया गया। देश में आर्थिक आपातकाल का भ्रम फैलाकर आम जनता से लेकर सरकारी महकमों में काम कर रहे लोगों के अधिकारों का दमन किया गया।

*अदालत पर भी रहा आपातकाल का असर

आपातकाल के दौरान जिस जज और वकील ने सरकार की अनसुनी की सभी को खामियाजा भुगतना पड़ा। नजरबंदी मुकदमों के तहत जिन जजों ने सरकार पर उंगली उठाई उनका तबादला किया गया। लेकिन जज भी अपने अधिकार और कानून को जानते थे वह अड़े रहे और सरकार के प्रयासों को असफल करने में सफल रहे।

*अल्पसंख्यकों की जबरन नसबंदी

इस दौरान चुनचुन कर लोगों की नसबंदी कराई गई। दिल्ली साफ सुथरी बनाने के लिए गरीब झुग्गी में रह रहे लोगों के घरों पर बुल्डोजर चलाया गया और लोगों को रातों रात शहर से दूर भेजा गया। इन सबके बीच इंदिरा ने जहां 20 सूत्री कार्यक्रम की घोषणा की वहीं आम जनता ने उनके जीवन के आतंक को इंदिरा के जीवन का आतंक बनाया और 1977 में हुए चुनाव में कांग्रेस बुरी तरह हारी। 21 महीने तक देश को झकझोर देने वाली इस घटना ने नए आयाम तय किए। 43

साल बाद भी आज उस दिन को काले अध्याय के रूप में ही देखा जाता है।

इंदिरा गांधी जी : अगला सवाल : क्यों निक्सन ने इंदिरा गाँधी को कराया 45 मिनट इंतज़ार ?

विवेक कुमार पांडे : कुछ मामलों में रस्गोत्रा भाग्यशाली भी रहे हैं, वर्ना किसको इतनी नज़दीक से जवाहरलाल नेहरू, जॉन एफ़ केनेडी, इंदिरा गाँधी और मारग्रेट थैचर जैसी हस्तियों को देखने का मौका मिला है.

1949 में भारतीय विदेश सेवा में आए रस्गोत्रा की शुरुआती पोस्टिंग थी 'असिस्टेंट चीफ़ ऑफ़ प्रोटोकॉल' के तौर पर.

उस ज़माने में कनाडा के एक मंत्री क्लेरेंस रो भारत आए थे. प्रधानमंत्री जवाहरलाल नेहरू उन्हें अपने साथ पंडित ओंकारनाथ ठाकुर का शास्त्रीय गायन सुनवाने आकाशवाणी के सभागार ले गए.

ओंकारनाथ ठाकुर का गायन और नेहरू

महाराज रस्गोत्रा बताते हैं, 'पंडितजी ने ही सलाह दी थी कि इनको भारतीय शास्त्रीय संगीत से कुछ रूबरू कराया जाए. उस ज़माने में ऑल इंडिया रेडियो में एक छोटा सा हॉल हुआ करता था. वो उन्हें वहाँ ले गए. पंडितजी और वो कनाडियन मंत्री पहली कतार में बैठे थे. मैं उनके ठीक पीछे बैठा हुआ था.'

'ओंकारजी ने गाना शुरू किया. पंडितजी उनकी समझा रहे थे कि ये आलाप है. इसका क्या मतलब होता है? ये राग किस समय का है. इसका नाम क्या है, वगैरह, वगैरह. ठाकुरजी अपने आलाप में लगे हुए थे. नेहरू चूंकि पहली कतार में बैठे हुए थे, इनकी आवाज़ ठाकुरजी तक पहुंची और वो 'डिस्टर्ब' हो गए. उन्होंने साजिंदो को अचानक इशारा किया और गाना बंद कर दिया.'

'पंडितजी ने ओंकारनाथ ठाकुर से पूछा, 'पंडितजी आपने गाना बंद क्यों कर दिया?' उन्होंने बहुत तपाक से मुस्करा कर कहा, 'पहले आप अपनी बातचीत ख़त्म कर लीजिए, तो मैं गाऊँ.' पंडितजी का 'रिएक्शन' देखने लायक था. लेकिन उन्होंने कहा 'पंडितजी माफ़ कीजिएगा. मैं इन साहब को बता रहा था कि आप क्या गा रहे हैं. अब मैं चुप रहूंगा. आप गाना शुरू कीजिए.'

*कैनेडी की नेहरू को परमाणु परीक्षण की पेशकश

रस्गोत्रा ने अपनी आत्मकथा 'अ लाइफ़ इन डिप्लोमेसी' में एक बड़ा ख़ुलासा भी किया है कि 1962 में भारत चीन युद्ध के बाद जब अमरीका की 'इंटेलिजेंस' को ये पता चला कि चीन परमाणु परीक्षण करने वाला है तो कैनेडी ने नेहरू को अपने हाथ से पत्र लिखा कि अमरीका चीन से पहले भारत को परमाणु परीक्षण में मदद देने के लिए तैयार है.'

लेकिन नेहरू ने इस पेशकश को स्वीकार नहीं किया. रस्गोत्रा याद करते हैं, 'कैनेडी का तर्क ये था कि अगर एशिया में कोई परमाणु बम परीक्षण करने वाला देश होगा तो वो भारत जैसा प्रजातांत्रिक देश होना चाहिए. उनको भनक लगी थी कि चीन ऐसा करने जा रहा है. वो चाहते थे कि चीन के ऐसा करने से पहले भारत सारी दुनिया को दिखा दे कि वो भी परमाणु बम संपन्न देश है.'

'उन्होंने प्रस्ताव किया कि वो भारत को एक परमाणु बम दे देंगे और वो चीन से पहले राजस्थान के किसी इलाके में उसका विस्फोट कर देगा. उसके बाद अगर चीन परमाणु विस्फोट करे भी तो उसका कोई ख़ास असर नहीं पड़ेगा.'

'पंडितजी की प्रतिक्रिया सकारात्मक थी. उन्होंने भाभा को बुलवाया मुंबई से. उसी दिन जी पार्थसार्थी चीन से वापस लौटे थे. पार्थसार्थी ने कहा कि ये हमारी विदेश नीति के ख़िलाफ़ है. विदेश नीति में अक्सर ये होता है कि मुद्दे जो होते हैं और किसी समस्या को हल करने का जो तरीका होता है, नेतृत्व उसका आदी हो जाता हैं. उस आदत से बाहर निकलना बहुत मुश्किल होता है.'

'उनका कहना था कि हम तो परमाणु बम के हमेशा ख़िलाफ़ रहे हैं और अहिंसक विदेश नीति में यकीन करते हैं. फिर अगर रूसियों को इसका पता चल गया तो वो बुरा मान जाएंगे. अगर वो हमने मान लिया होता तो न तो पाकिस्तान 1965 में भारत पर हमला करता और न ही 1971 का युद्ध होता.'

*निक्सन की इंदिरा से बदसलूकी

1971 के भारत पाकिस्तान युद्ध से पहले जब इंदिरा गाँधी अमरीका पहुंची तो राष्ट्रपति निक्सन ने बदसलूकी का सबसे बड़ा उदाहरण पेश करते हुए इंदिरा गाँधी को बैठक से पहले 45 मिनट तक इंतेज़ार करवाया.

मैंने एम के रस्गोत्रा से पूछा, 'आप वहाँ थे, क्या वास्तव में ऐसा हुआ था?' रस्गोत्रा का जवाब था, 'बिल्कुल हुआ था. मेरा ख़्याल है निक्सन के अलावा कोई राष्ट्रपति ऐसा नहीं कर सकता था. हम लोगों की मुलाकात 'फ़िक्स थी.' हम लोग वहाँ बैठे हुए थे. लेकिन वो कमरे से बाहर ही नहीं निकले. तुर्रा ये कि वो अंदर कुछ कर भी नहीं रहे थे निक्सन और किसिंजर.'

'उनका मक़सद था कि इस महिला को उसकी जगह दिखाई जाए. वो इंदिरा गाँधी की बेइज़्ज़ती करना चाहते थे. बातचीत शुरू से ही कोई अच्छी नहीं चल रही थी. उनके बीच पहली मुलाकात जो हुई वाइट हाउज़ के लॉन में, उसमें निक्सन ने बिहार में हुए सूखे का तो ज़िक्र किया और ये भी कहा कि उसके लिए हम मदद देंगे. लेकिन भारत में उस समय जो 1 करोड़ बंगाली शर्णार्थी आए हुए थे जो हमारे ऊपर बोझ बन गए थे और शिविरों में भूखे मर रहे थे, निक्सन ने उनके बारे में एक

शब्द भी नहीं कहा. उनको शायद कुछ शक था कि हम जंग का ऐलान करने आए हैं. उन्होंने जानबूझ कर इंदिरा गाँधी के साथ बदसलूकी की.'

मैंने रस्गोत्रा से पूछा कि जब बाद में निक्सन और इंदिरा मिले तो इंदिरा ने इसको किस तरह से लिया?

रस्गोत्रा ने बताया, 'उन्होंने इसको नज़रअंदाज़ किया. वो बहुत गरिमापूर्ण महिला थीं. उन्हें निक्सन से जो कहना था, वो कह दिया. उसका लब्बोलबाब ये था कि पूर्वी पाकिस्तान में जो क़त्लेआम चल रहा है, उसे आप बंद कराइए और जो शरणार्थी हमारे देश में आ गए हैं, वो वापस पाकिस्तान जाएंगे. हमारे मुल्क में उनके लिए जगह नहीं है.'

*जब ब्रेझनेव ने भारत को मिग-29 दिलवाया

80 के दशक में सोवियत संघ नें एक अत्याधुनिक लड़ाकू विमान मिग-29 बनाया था. वो इस बात को इस हद तक गुप्त रख रहे थे कि उन्होंने उसके अस्तित्व तक को नकार दिया था.

रस्गोत्रा उस बैठक में मौजूद थे जिसमें ये तय किया गया कि रूस भारत को मिग- 29 विमान देगा.

रस्गोत्रा बताते हैं, 'रूस के नेता ब्रेझनेव और इंदिरा गाँधी की मास्को में बैठक हो रही थी. इंदिरा गाँधी मुझसे कहती रहती थीं कि देखना इस मामले में कुछ हो सकता है या नहीं. इस तरह की मीटिंग में कभी कभी ऐसा समय आ जाता है कि कुछ बातचीत नहीं होती और एक तरह की चुप्पी छा जाती है. मैंने इसका फ़ायदा उठाया. उनका रक्षा मंत्री उस्तीनोव मेरे सामने वाली कुर्सी पर बैठा हुआ था. मैंने उससे कहा कि आपके पास एक जहाज़ है, जिसका विवरण मैंने कहीं पढ़ा है. हम चाहते हैं कि आप वो जहाज़ हमें बेचें.'

'ब्रेझनेव ये सुन रहे थे. उन्होंने उस्तीनोव से चिल्ला कर पूछा कि ये क्या कह रहे हैं? उस्तीनोव ने उन्हें फिर सारी बात बताई. ब्रेझनेव ने फिर पूछा हमारे पास वो जहाज़ है या नहीं? उस्तीनोव ने कहा है तो सही. पहले तो वो सिरे से मना कर रहे थे कि उनके पास ये विमान है. फिर उन्होंने कहा कि उनकी संख्या काफ़ी नहीं है और फिर उनके ट्रायल भी चल रहे हैं.'

'ब्रेझनेव ने कहा 'कुछ नहीं उनकी जितने विमान चाहिए, उन्हें उपलब्ध कराओ.' मैंने अपने करियर से निष्कर्ष निकाला है कि अगर किसी से आप की राय मल नहीं रही है या आपको किसी से कुछ लेना है तो टकराव की जगह प्यार मोहब्बात से बात करिए. अगर हास्य की ज़रूरत हो तो उस इस्तेमाल कीजिए. कूटनीति में हास्य की भी बहुत बड़ी भूमिका होती है.'

एक सवाल जनता कि तरफ से आया है । प्रश्न : पारसी से शादी, फिर भी क्यों हिंदू बनी रहीं इंदिरा ? इसका जवाब मैं ही दे देता हूं ।

बात मार्च 1942 की है, भारत छोड़ो आंदोलन से पहले की। इंदिरा और फिरोज गांधी की शादी होनी थी। इस शादी के कार्यक्रम को लेकर पंडित जवाहरलाल नेहरू तो सोच में थे ही, महात्मा गांधी और पूरा देश भी सोच रहा था। गांधीजी और पंडित नेहरू के पास इस शादी को रोकने के लिए बड़ी संख्या में चिट्ठियां आ रही थीं, क्योंकि शादी एक हिंदू और एक गैर-हिंदू के बीच होनी थी।

नेहरू जी का स्पष्ट मत था कि विवाह भले ही अंतर-धार्मिक हो, लेकिन इसके बाद वर और वधु में से किसी का धर्म परिवर्तन ना हो। इंदिरा और फिरोज भी यही चाहते थे। नेहरू जी ने 26 फरवरी 1942 को प्रेस के लिए एक वक्तव्य जारी किया, जो 28 फरवरी 1942 के मुंबई क्रॉनिकल में प्रकाशित हुआ।

इसमें लिखा था, 'अखबारों में मेरी बेटी इंदिरा की फिरोज गांधी के साथ सगाई के बारे में खबर प्रकाशित हुई है। लोग मुझसे भी इस बारे में पूछ रहे हैं। इसलिए मैं इस खबर की पुष्टि करता हूं... मेरी लंबे समय से यही मान्यता है कि शादी के मामलों में माता-पिता को लड़के-लड़की को सलाह देनी चाहिए, लेकिन अंतिम फैसला लड़का और लड़की को ही करना है...जब मुझे इस बात की तसल्ली हो गई कि इंदिरा और फिरोज एक दूसरे से शादी करना चाहते हैं तो मैंने खुशी से उनके फैसले को स्वीकार कर लिया और उन्हें अपना आशीर्वाद दिया... महात्मा गांधी ने भी इस प्रस्ताव को शुभकामनाएं दी हैं...फिरोज नौजवान पारसी हैं। वह कई वर्षों से हमारे परिवार के मित्र और साथी रहे हैं, बल्कि मैं तो उन्हें देश के काम और आजादी की लड़ाई में भी महत्वपूर्ण भागीदार के तौर पर देखता हूं। अगर मेरी बेटी ने जिस किसी से भी प्रेम किया होता तो मैं उसकी पसंद को कबूल कर लेता। अगर मैं ऐसा नहीं करता तो मैं उन सिद्धांतों से नीचे गिर जाता, जिन्हें मैंने हमेशा मान्यता दी है।'

मुंबई क्रॉनिकल में लिखा था, 'महात्मा गांधी चाहते हैं, यह शादी सेवाग्राम में हो। इससे उनके लिए शादी समारोह में शामिल होना आसान होगा। मैं उनके सुझाव की प्रशंसा करता हूं और उसके लिए आभारी हूं, लेकिन मेरे परिवार के सदस्य चाहते हैं कि यह समारोह घर पर हो। इसलिए विवाह एक महीने के भीतर इलाहाबाद में होगा।'

नेहरू ने तो यहां तक कहा कि इंदिरा की शादी सिर्फ उनकी बेटी की शादी नहीं है। यह शादी अलग तरीके से होगी, जिसमें दूल्हे और दुल्हन का धर्म परिवर्तन नहीं होगा। यह अंतर-धार्मिक विवाहों के लिए नजीर होगी। और भारत की संसद ने

जब विशेष विवाह अधिनियम बनाया तो यह बात वाकई सच साबित हुई। महात्मा गांधी ने खुद अपने हाथ से विवाह के लिए ऐसी पोथी तैयार की जिसमें हिंदू धर्म के और पारसी धर्म के धार्मिक मंत्रों को समाहित किया गया, लेकिन संयोग से पोथी काफी बड़ी बन गई।

16 मार्च 1942 को पंडित नेहरू ने वर्धा से लक्ष्मीधर शास्त्री को पत्र लिखा। इसमें उन्होंने इस बात का जिक्र किया की शादी की विधि ऐसी ना हो जाए कि लोगों को बहुत अजीब लगे। उन्होंने महात्मा गांधी की बनाई विवाह विधि भी लक्ष्मीधर शास्त्री को भेजी और उसमें लिखा कि इसके कुछ हिस्से हटा दिए जाने चाहिए। लेकिन पूरे पत्र में वह शास्त्री जी को समझाते रहे कि महात्मा गांधी की बातों पर पूरी गंभीरता से विचार किया जाए और उनका पालन किया जाए।

पत्र के अंत में नेहरू ने लिखा, 'यह शादी एक हिंदू और एक गैर-हिंदू के बीच हो रही है। जरथुस्त्र धर्म की बहुत सारी बातें वैदिक कर्मकांड से मिलती-जुलती है, क्योंकि दोनों धर्म का उद्‌गम एक ही जगह से है। इसके बावजूद यह तथ्य अपनी जगह बना रहता है कि शादी एक हिंदू और एक गैर-हिंदू के बीच हो रही है। जहां तक धर्म का सवाल है तो दोनों को विवाह के बाद भी अपने मूल धर्म में बने रहना है। इसके कानूनी पक्ष क्या होंगे, उसके बारे में मैं अभी बहुत विस्तार से बात नहीं करूंगा। लेकिन विवाह समारोह इस तरह का होना चाहिए कि यह हिंदू और गैर-हिंदू दोनों को शोभा दे। इस विवाह का विधान इस तरह की नजीर पेश करेगा, जो आगे चलकर सुधार और यहां तक की कानूनों के लिए भी आधार भूमि बनेगा।'

नेहरू जी को पता था कि आने वाले समय में भारत में भी धर्म और जाति की जगह कम होती जाएगी। शादी और विवाह के मामले सिर्फ माता-पिता और परिवार के अख्तियार में नहीं रहेंगे। जब समाज खुलेगा तो लड़के-लड़कियां आपस में उसी तरह एक दूसरे के संपर्क में आएंगे जैसे कि वे पश्चिमी देशों में आते हैं। उनके विवाह भी होंगे और बहुत संभव है, उस समय समाज उनका विरोध भी करेगा। इसलिए उन्होंने धर्मों के टकराव के बजाय धर्मों को हमकदम बनाकर शादी के एक नई पद्धति भारत में विकसित की। लव जिहाद जैसे मानसिक विकारों से निपटने के लिए बहुत ही लोकतांत्रिक तरीका नेहरू जी ने निकाला था।

नेहरू और इंदिरा ने सर्वधर्म समभाव को सिर्फ विवाह तक ही सीमित नहीं रखा। आगे चलकर जब इंदिरा की पहली संतान हुई तो नेहरू ने उस तरह के नामों पर विचार किया, जो हिंदू और पारसी दोनों धर्मों में समान रूप से स्वीकार हो। इसीलिए उन्होंने इंदिरा के चुने नाम राहुल को उस समय पसंद नहीं किया और उनके पहले बेटे का नाम राजीव रखा। हालांकि, इंदिरा ने आगे चलकर राजीव के

बेटे का नाम राहुल रखा।

इंदिरा आने वाले समय में भी धर्म नहीं अपने कर्म के लिए याद की जाएंगी। याद किया जाएगा कि उन्होंने किस तरह सिक्किम का भारत में विलय कराया। कैसे तिब्बत पर चीन के कब्जे का संतुलन बनाया। उन्हें 1967 के भारत-चीन युद्ध के लिए याद किया जाएगा। इसमें भारतीय सेना ने चीन के 450 सैनिकों को मार गिराया था, जबकि भारत के 88 सैनिक शहीद हुए थे। भारतीय सेना ने नाथू ला और चो ला इलाके से चीन के ठिकाने उखाड़ फेंके थे और वह जमीन आजाद करा ली थी। भारत-चीन के इस दूसरे युद्ध का ही परिणाम था कि अगले 40 साल तक चीन ने भारत पर इस तरह का आक्रमण करने की हिम्मत नहीं की। वह तो 2020 में जाकर चीन ने भारत पर हमला करने की जुर्रत दिखाई और हमारे बीस सैनिक शहीद कर दिए।

इंदिरा राजाओं का प्रीविपर्स खत्म करने के लिए याद की जाएंगी। बैंकों के राष्ट्रीयकरण और बांग्लादेश मुक्ति संग्राम के रूप में पाकिस्तान के दो टुकड़े करने के लिए भी याद की जाएंगी। वह भारत की एकता, अखंडता और खासकर धर्मनिरपेक्षता के लिए जान कुर्बान करने वाली नेता के तौर पर याद की जाएंगी।

ऑपरेशन ब्लू स्टार के बाद सुरक्षा एजेंसियों ने उनसे बार-बार कहा कि वह सिख बॉडीगार्ड्स ना रखें, लेकिन देश के संविधान और भारत की आत्मा में यकीन करने वाली इंदिरा ने धर्मनिरपेक्षता की खातिर सिख बॉडीगार्ड्स को हटाने से इंकार कर दिया। वैसे, सुरक्षा एजेंसियों का अंदेशा सही साबित हुआ। इंदिरा को उनके सुरक्षा गार्डों ने ही गोलियों से छलनी कर शहीद कर दिया। महात्मा गांधी की हत्या से पहले भी उन्हें भी हमले को लेकर आगाह किया गया था। तब महात्मा यही कहते रहे, 'मैं किसी तरह की सुरक्षा स्वीकार नहीं कर सकता, अगर कोई मेरी हत्या करना चाहता है तो कर दे।' आखिरकार एक आतंकवादी ने 79 वर्ष के महात्मा की गोली मारकर हत्या कर दी।

इस तरह की हत्या से लोग मरते नहीं है, अमर हो जाते हैं। महात्मा ने कहा था कि ना तो मृत्यु महत्वपूर्ण है और ना जीवन। अगर कोई बात महत्वपूर्ण है तो वह है सत्य पर टिके रहना। फिर गांधी जी सत्य को भी परिभाषित करते हैं। वह कहते हैं कि सत्य का मतलब सिर्फ सच बोलना नहीं है। राजा हरिश्चंद्र की तरह सत्य के लिए हर मुसीबत को झेलना और सत्य पर अटल रहना ही सत्य का पालन है। अपनी मृत्यु में इंदिरा गांधी को वह महान सद्गति मिली। आज जो लोग इंदिरा गांधी के कर्म की जगह उनके धर्म के बारे में सवाल उठाते हैं, ईश्वर उन्हें भी सद्गति दे।

*16 की उम्र में इंदिरा गांधी ने फिरोज़ का पहला प्रपोज़ल ठुकरा दिया था

देश की पहली महिला प्रधानमंत्री इंदिरा गांधी के अपने पति से रिश्ते अच्छे नहीं थे. इंदिरा ने गुजराती पारसी फिरोज गांधी से शादी की थी, लेकिन उसके बाद जो हालात बने, उन्होंने दोनों के रिश्ते में खटास पैदा कर दी.

इंदिरा इलाहाबाद से ही फिरोज को जानती थीं, लेकिन ब्रिटेन में रहने के दौरान दोनों की अकसर मुलाकात होती. 12 सितंबर, 1912 को पैदा होने वाले फिरोज उस वक्त वहां लंदन स्कूल ऑफ इकोनॉमिक्स में पढ़ रहे थे.

16 साल की उम्र में ही इंदिरा फिरोज का पहला प्रपोजल ठुकरा चुकी थीं. लेकिन इसके तीन साल बाद 1936 में मां की मौत ने उन्हें बहुत उदास कर दिया. तब उन्हें फिरोज के कंधों का सहारा मिला और दोनों में करीबी बढ़ी.

देहरादून जेल में इंदिरा ने अपने पिता (नेहरू) को फिरोज से शादी करने के अपने फैसले के बारे में बिना भावुक हुए बताया. नेहरू ने कोई तर्क करना ठीक नहीं समझा. उन्होंने काफी संयम बरतते हुए इंदिरा को याद दिलाया कि डॉक्टरों ने उन्हें इतने कमजोर स्वास्थ्य के मद्देनजर प्रेग्नेंसी के खिलाफ सावधान किया था.

इंदिरा मानी नहीं. उन्होंने पिता से कहा कि वह चकाचौंध से दूर तनावमुक्त जिंदगी चाहती हैं. शादी करना, बच्चों को पालना चाहती हैं और ऐसा घर चाहती हैं जिसमें पति हो, संगीत हो, दोस्त और किताबें हों.

नेहरू यह सुनकर हैरान रह गए. अपनी डायरी में नेहरू ने लिखा है, 'वह इतनी अपरिपक्व थी- या शायद मुझे ऐसा लगता है- इसीलिए वह चीजों को सतही तौर पर देख पाती है. उसे उनकी गहराई में जाना चाहिए, इसमें वक्त लगेगा. मेरा ख्याल है कि उस पर दबाव ज्यादा नहीं है, वरना झटके लग सकते हैं.'

माना जाता है कि नेहरू इंदिरा और फिरोज से बहुत खुश नहीं थे, लेकिन उन्होंने अपनी निराशा छिपा ली थी. इलाहाबाद में 1942 में दोनों ने शादी कर ली. 1944 में इंदिरा को पहली संतान हुई, नाम रखा गया राजीव. लेकिन शादी के बाद जब इंदिरा राजनीति में सक्रिय होने लगीं और पिता की सहायक की भूमिका में आ गईं तो यह रिश्ता कमजोर पड़ने लगा.

इंदिरा की बायोग्राफी में पुपुल जयकर लिखती हैं, 'पिता की जरूरतों के मद्देनजर आनंद भवन, इलाहाबाद और पति को छोड़ पिता के पास जाकर रहने का फैसला बड़ा फैसला था.'

इस बीच फिरोज ने अखबार 'नेशनल हेरल्ड' का कार्यभार संभाल लिया. इस अखबार की स्थापना 1937 में नेहरू ने की थी. पुपुल ने लिखा है कि इंदिरा से अलग होकर फिरोज लखनऊ में एक मशहूर-जमींदार मुस्लिम परिवार की एक महिला

के प्रेम में पड़ गए. इंदिरा तक जब यह बात पहुंची, तब वो दोबारा गर्भवती थीं और दिसंबर 1946 के अंत में डिलीवरी होने वाली थी.

पति-पत्नी के संबंध और बिगड़ते गए. दोनों राजनीति में आगे बढ़े, लेकिन निजी और राजनैतिक मतभेद भी बढ़े. सितंबर 1958 में इंदिरा पिता के साथ भूटान दौरे पर गईं. इंदिरा ने वर्षों बाद घर और राजनीति के तनाव से निजात पाई थी. लेकिन सफर के बीच में ही उन्हें संदेश मिला कि फिरोज को दिल का दौरा पड़ा है. जब तक इंदिरा लौटीं, फिरोज खतरे से बाहर हो गए. इसके बाद दोनों में समझौता हो गया. पुरानी यादें सजीव हो उठीं. दोनों बेटों के साथ वे एक महीने की छुट्टी पर श्रीनगर चले गए. इंदिरा ने पति की प्यार से सेवा की, लेकिन दिल्ली आते ही यह करीबी फिर दूरी में तब्दील हो गई.

कांग्रेस पार्टी के अध्यक्ष के तौर पर इंदिरा का नाम प्रस्तावित किया गया. फिरोज को अपने शादी के रिश्ते पर यह आखिरी प्रहार लगा. वह अपने घर में सिमट गए और प्रधानमंत्री के घर आना-जाना बंद कर दिया. 2 फरवरी को 41 की उम्र में इंदिरा कांग्रेस अध्यक्ष चुन ली गईं.

फिरोज अपने 48वें जन्मदिन से पहले ही यानी 8 दिसंबर, 1960 को चल बसे. इंदिरा भावशून्य हो गईं. दोनों के कई साल लड़ते-झगड़ते बीते थे, लेकिन इसके बावजूद मीठी यादें शेष थीं, जिन्होंने इंदिरा को उदास कर दिया. उनकी मां की मौत के समय फिरोज ने उन्हें जो सहारा दिया, उसकी वह हमेशा एहसानमंद रहीं.

अपने दामाद के साथ नेहरू के कभी अच्छे संबंध नहीं रहे थे. फिरोज को श्रद्धांजलि देने आए लोगों की भीड़ देखकर वह हैरान थे.

इंदिरा गांधी जी : बहुत बढ़िया। अगला सवाल : भेदभाव और छुआछूत ख़त्म करने का उपाय ?

विवेक कुमार पांडे : पुराने जमाने में मार्ग से गुजरने का पहला अधिकार ऊंची जाति के लोगों को होता था। नीची जाति के लोग तभी निकल सकते थे जब ऊंची जाति के लोग पहले वहां से गुजर चुके हों। यानि कि यदि दो लोगों को रास्ते से गुजरना हो तो रास्ते से गुजरने का पहला अधिकार ऊंची जाति के व्यक्ति का था उसके बाद ही नीची जाति का व्यक्ति वहां से निकल सकता था। आज के जमाने में शहरों की सड़कों पर ट्रैफिक लाइट्स होती हैं। ट्रैफिक लाइट्स कास्ट ब्लाइंड होती हैं यानि कि वो जात-पात को नहीं देखतीं हैं। आपकी जाति ऊंची हो या नीची हो, रेड लाइट पर सबको रूकना होता है और ग्रीन लाइट होने पर सबको निकलने मौका मिलता है। हां, उसमें कुछ अपवाद अवश्य हैं जैसे कि नीली बत्ती वाले एम्बुलेंस के लिए। यदि किसी मरीज की तबियत ज्यादा खराब है और उसे तत्काल उपचार के

लिए अस्पताल पहुंचने की आवश्यकता है तो एम्बुलेंस को जाने का रास्ता दिया जाता है, किंतु एम्बुलेंस की कोई जाति नहीं होती।

तो न्याय किसे कहते हैं और सामाजिक न्याय किसे कहते हैं? सबसे पहले, न्याय किसे कहते हैं इस पर बात करते हैं। न्याय एंड (परिणाम) व मीन्स (माध्यम) पर निर्भर करता है। एंड यानि परिणाम के आधार पर किसी व्यवस्था को न्यायपूर्ण अथवा अन्यायपूर्ण बताना बहुत कठिन है। लेकिन व्यवस्था के तौर तरीकों अथवा माध्यम के आधार पर आप आसानी से बता सकते हैं कि व्यवस्था न्यायपूर्ण है अथवा अन्यायपूर्ण। इसकी व्याख्या करने के लिए क्रिकेट मैच का उदाहरण लेते हैं। मान लीजिए क्रिकेट मैच बांगलादेश और न्यूजीलैंड के बीच खेला जा रहा है। और यदि न्यूजीलैंड की टीम मैच जीत जाती हो तो क्या यह अन्यायपूर्ण होगा? क्या यह तर्क देना उचित होगा कि चूंकि बांगलादेश थर्डवर्ल्ड कंट्री है या उनके पास स्टेडियम नहीं हैं या फिर उनके पास पर्याप्त संसाधन नहीं हैं जिससे उन्हें अभ्यास का बढ़िया मौका नहीं मिला। या फिर बचपन में उन्हें पर्याप्त पोषण आहार नहीं मिला इसलिए वे उस टीम के खिलाफ मैच हार गए जो उनसे ज्यादा सक्षम और संसाधनपूर्ण हैं इसलिए यह अन्याय हुआ। नहीं, आपने ऐसा कभी नहीं सुना होगा! क्योंकि क्रिकेट मैच के दौरान अप्लाई होने वाले रूल्स ऑफ गेम दोनों टीमों के लिए एक से हैं। दोनों टीमों को खेल के दौरान गेंदबाजी के लिए समान संख्या के ओवर, समान संख्या में खिलाड़ी, एक जैसा बॉल, एक जैसे बैट, समान स्टेडियम आदि उपलब्ध कराया जाता है।

लेकिन यदि नियमों में इस प्रकार के बदलाव किए जाएं जैसे यदि क्रिकेट खेल रही टीम कोई देश थर्ड वर्ल्ड कंट्री की है तो उसके लिए नियमों में कुछ फ्लैक्सिबिलिटी/छूट दी जा सकती है तो क्या यह तर्क संगत होगा? इसीलिए नोबेल पुरस्कार विजेता अर्थशास्त्री एफ.ए.हायक के मुताबिक भी रूल ऑफ जस्टिस के लिए आप प्रक्रिया (प्रोसीज़र) की विवेचना कर सकते हैं और उस आधार पर देख सकते हैं कि व्यवस्था न्यायपूर्ण है या नहीं लेकिन परिणाम के आधार पर ऐसा कहना संभव नहीं है। कहने का तात्पर्य यह है कि रूल्स ऑफ गेम सबके लिए समान होना चाहिए, क्योंकि परिणाम के बाबत अलग अलग लोग अलग अलग राय व्यक्त करेंगे कि परिणाम न्यायपूर्ण है या नहीं।

दूसरी बात यदि व्यवस्था की न्यायसंगतता को परिणाम के आधार पर तय करने की कोशिश की भी जाए कि तो फिर प्रश्न यह होगा कि इसे तय करे कौन? इसके अलावा परिणाम तक पहुंचने का माध्यम और प्रक्रिया क्या होगी इसे कौन तय करेगा? यदि मान लिया जाए कि चुने हुए प्रतिनिधि उसे तय करेंगे और

वो बताएंगे कि परिणाम क्या होगा और प्रक्रिया क्या होगी तो आप देखिए कि आरक्षण वाली व्यवस्था इसका बेहतर उदाहरण साबित हो सकता है। हमारे चुने हुए प्रतिनिधि आरक्षण और उसकी प्रक्रिया को तय करने के लिए मुक्त हैं, लेकिन धरातल पर क्या होता है? सभी राजनैतिक दल इस प्रक्रिया और व्यवस्था का अधिकाधिक लाभ उठाना चाहते हैं क्योंकि अगली बार उनका चुना जाना उसी पर निर्भर करेगा। इस प्रकार, आरक्षण की चाह रखने वाले कुछ समूह हिंसा अथवा संख्या बल के जोर पर राजनैतिक दलों और प्रतिनिधियों पर दबाव बनाते हैं और राजनैतिक दल व जन प्रतिनिधि अगली चुनाव में जीत के लिए उनकी बात मान लेते हैं। इस प्रकार समस्त प्रक्रिया राजनैतिक फुटबॉल में परिवर्तित हो जाती है। वोटबैंक के लिए राजनैतिक दल इस खेल को ज्यादा से ज्यादा समय तक खींचना चाहते हैं और अपनी राजनीति चमकाना चाहते हैं, उधर संख्याबल में जो समुदाय ज्यादा मजबूत होता है वह ज्यादा से ज्यादा फायदा उठाने और अपनी बात मनवाने में कामयाब हो जाता है। हालांकि परिणाम आधारित व्यवस्था का फायदा फिर भी न्यायपूर्ण साबित नहीं हो पाता है। जब पिछड़े तबके की व्याख्या की जाती है तब इसके लिए कोई ऑब्जेक्टिविटि नहीं होती है। यह तय करना बहुत मुश्किल हो जाता है कि कौन सी जाति पिछड़े वर्ग से संबंध रखती है। शिड्यूल्ड कास्ट की सूची में जो जातियां शुरू में सूचीबद्ध हुई थी उसमें अबतक कई बार नई जातियां जुड़ चुकी हैं। कौन सी जाति शिड्यूल्ड कास्ट में आती हैं और कौन सी जाति नहीं आती हैं या कौन सी जाति आनी चाहिए और कौन सी नहीं आनी चाहिए, ये बहुत ही पेंचीदा सवाल है।

इसके अतिरिक्त भेदभाव व छुआछूत सिर्फ जाति आधारित है ऐसा कहना ठीक नहीं होगा। छूआछूत और भेदभाव कई आधार पर देखने को मिलते हैं जैसे जाति, धर्म, लिंग, डॉमिसाइल, एथिनिसिटी, रेस, आय, सम्पन्नता आदि। इस प्रकार, जब हम ऐतिहासिक दबावों की बात करते हैं तो आजादी के पश्चात जब संविधान सभा का गठन हुआ था तब भी धर्म आधारित आरक्षण व्यवस्था को पूरी तरह नकार दिया गया क्योंकि उनका अनुभव था कि अंग्रेजों ने धर्म आधारित आरक्षण को जानबूझकर इसलिए बढ़ावा दिया ताकि देश में फूट डालो और राजनीति करो की नीति के तहत अपना हित साध सकें और देश को बांट सकें। तो संविधान सभा को तो यह बात समझ में आ गई कि धर्म आधारित आरक्षण होने के कारण देश का बंटवारा हुआ। लेकिन जब आप आरक्षण के सिद्धांत को स्वीकार कर लेते हैं तो उसका वर्गीकरण कैसे हो यह ज्यादा महत्व नहीं रखता है। अगर आपने आरक्षण का वह सिद्धांत स्वीकार कर लिया जिसमें समूह अथवा

पहचान के आधार पर आरक्षण दिया जाए बजाए कि व्यक्तिगत अथवा केस टू केस बेसिस पर ताकि न्याय प्रदान किया जा सके तो यह ठीक धर्म के आधार पर दिये जाने वाले आरक्षण के जैसा ही है। क्योंकि समूह आधारित पहचान यदि जाति है तो समूह आधारित पहचान धर्म भी है। यदि धर्म आधारित आरक्षण सही नहीं है और यह समाज को बांटने का काम कर सकता है तो जाति आधारित आरक्षण समाज को नहीं बांटेगा यह कैसे कह सकते हैं? इसमें कोई आश्चर्य नहीं, कि धर्म-आधारित आरक्षण और डोमिसाइल आधारित आरक्षण की मांग जोर पकडती जा रही है और कभी ना कभी चुनाव के छह महीने या साल पहले कोई राजनैतिक दल इसके लिए आन्दोलन करेगा या सत्तारूढ़ दल इसे मूर्त रूप दे देगा।

फिलॉस्फिकल आधार के साथ ही साथ इकोनॉमिकल आधार पर भी आरक्षण लोगों को स्वयं को आरक्षित वर्ग शामिल कराने के प्रति प्रोत्साहित करता है। जो कि किसी भी प्रगतिशील समाज के लिए ठीक नहीं है क्योंकि फिर समाज के आगे बढ़ने का आधार (परफॉर्मेंस) परिणाम नहीं, (इनपुट) निवेश हो जाएगा, वह निवेश जो पहचान आधारित है। नौकरी में पदोन्नति में आरक्षण होने से वैयक्तिगत क्षमता, प्रदर्शन और उपलब्धि पर क्या प्रभाव पड़ेगा? फिर कौन सरकारी कर्मचारी अपने कार्य-कुशलता, दक्षता और सतत सीखने पर ध्यान देगा? और ऐसे आरक्षण का ऑफिस के माहौल पर क्या असर पड़ेगा?

बाबा साहब अंबेडकर यह चाहते थे कि देश में छुआछूत और जाति आधारित भेदभाव समाप्त हो। लेकिन जाति आधारित आरक्षण वाली व्यवस्था के कारण यह समस्या और सघन हो गई है। पहचान पहले से ज्यादा महत्वपूर्ण हो गयी है- या यूं कहें, कि पत्थर की लकीर हो गयी है। क्या भेदभाव और छुआछूत ख़त्म करने के सबसे कारगर तरीका आरक्षण है?

छुआछूत और भेदभाव को लेकर हुए तमाम शोध ये बताते हैं कि भेदभाव तो हुए हैं लेकिन प्रश्न यह उठता है कि आरक्षण का प्रावधान होने के बाद सशक्तिकरण से साथ साथ भेदभाव भी समाप्त हुआ है या बढ़ा है - यह नहीं बताते? यह भी पता लगाने की बात है कि क्या शिक्षा और आय का स्तर बढ़ने पर भेदभाव और छुआछूत बढ़ता है अथवा कम होता है? क्योंकि जब आप के पास पैसा होता है और आप किसी रेस्टोरेंट में खाना खाने जाते हैं तो वहां खाना आपकी जाति पूछकर नहीं सर्व किया जाता है। जब आप सिनेमाघर में जाते हैं तो वहां आपकी जाति पूछकर टिकट नहीं दिया जाता है। जब आप स्पा के लिए जाते हैं तो वहां आपकी जाति पूछकर सेवा नहीं दी जाती है। कहने का तात्पर्य यह है कि भेदभाव गांवों की तुलना में शहरों में कम है लेकिन क्या ऐसा कानून होने के कारण है या

शिक्षा और आय का स्तर बढ़ने के कारण हुआ है? यह प्रश्न पूछा जाना चाहिए कि क्या बिना आरक्षण के काम/नौकरियों के समान अवसर पैदा नहीं किए जा सकते हैं या पैदा नहीं हो रहे हैं। क्या रिजर्वेशन होने के कारण समाज में समान अवसर आ रहे हैं? क्या रिर्जवेशन का लाभ पीढ़ी दर पीढ़ी होना चाहिए या इसका लाभ केवल पहली पीढ़ी को होना चाहिए? समाज में समानता लाने के लिए हम केवल रिजर्वेशन की ही बात क्यों करते हैं? सर्वशिक्षा अथवा बेसिक इनकम की मांग क्यों नहीं?

इन सवालों पर खुली बहस तो हो/ बिना ऊँगली उठाए, बगैर हिंसा के - एक खुली बहस..

मेरे ख्याल से सभी एक सम्मान है । कोई भी अमीर नहीं कोई भी गरीब नहीं । सभी के शरीर एक ही खुन दौडता है । इसलिए असमानता ना रखें । वसुदेव कुटुंबकम ।

इंदिरा गांधी जी : इंटरव्यू खत्म करने से पहले अपने बारे में कुछ बताओ सभी को ।

विवेक कुमार पांडे : में एक लेखक हूं और मैंने 900 से ज्यादा किताबें लिखा है । मेरी प्रसिद्ध किताबें मिशन कच्छ : 1972 चेप्टर 1 & 2 , पुष्पा 2 द रुल , माहत्मा गांधी जी का इंटरव्यू 2022 , हाइट चार फुट ।

इंदिरा गांधी जी : थोड़ा संक्षेप में बताओ ।

विवेक कुमार पांडे : मेरा नाम विवेक कुमार पांडे है और मैं एक लेखक हु , में गुजरात के सुरत में निवास करता हूं.मेरा जन्म ३० सेप्टेंबर २००२ में हुआ था, और मुझे बचपन से एक्टर बनने का सोख रहा है और अभी भी है.। में कभी ये नहीं सोचता की लोग क्या कर रहे हैं में ये सोचता हूं कि में क्या कर रहा हूं, में आज सफल हूं तो अपने पापा की वजह से आज वो रहते तो उन्हें बहुत खुशी होती , वो सदा और हमेशा मेरे साथ रहेंगे.। मेरे रियल लाइफ के सुपरस्टार और सुपर हीरो मेरे प्यारे पापा है । आई लव यू पापा । पापा को मेरे हाथ कि चाय बहुत अच्छी लगती थी ।

जब उनका मन करता था चाय पीने के लिए तो वो कहते थे । मुझे चाय पीना है कौन बनाएगा मम्मी कहती में बना देती हूं लेकिन पापा कहते नहीं मेरा बेटा बनाएंगा । उसके हाथ कि चाय मुझे बहुत अच्छा लगता है । जब भी काम करके घर आने वाले होते हैं तब मुझे फोन करते है विवेक बेटा बोलो क्या खाओगे सेब ले लु । में कहता ठीक है पापा ले लिजिए । पापा कहते कितना लू एक किलो या 2 किलो । में कहता नहीं पापा सिर्फ में ही खाता हूं भईया और दीदी को फल अच्छा ही

नहीं लगता है इसलिए 3 सेब ले लेना । लेकिन पापा मेरे लिए दो तीन किलो फल लेकर आ ही जाते थे । पहले ले लेते फिर मुझे फोन करते । हमेशा ऐसा ही करते थे ।

मैं ये नहीं कह रहा हूं कि मुझे बहुत ज्यादा प्यार और मानते थे । वो अपने तीनों संतानों को प्यार करते थे । सबसे छोटा तो मैं ही था घर में , मुझसे बड़ी मेरी बहन और मेरी बहन से भी बडे मेरे भईया । मैं आज भी वो दिन का इंतजार कर रहा हूं जब पापा मेरे लिए कुछ लेकर आएंगे । मेरे कान तरस रहे है वो आवाज़ सुनने के लिए । लेकिन कहते हैं जो चीज चली जाए वो कभी लौटकर नहीं आती है । आप सभी से निवेदन है आप अपने मम्मी और पापा का ध्यान रखें । दुनिया में एक ही भगवान है वो है माता ओर पिता ।

मैं बहुत ही शरारती था बचपन में । मुझे किताब लिखने का शोख बचपन से ही था । जब में तीसरी कक्षा में पढ़ता था । तब से ही किताब लिखता था मैं और मेरा दोस्त हम दोनों किताब लिखके सभी को दिखाते थे और कहते थे जिन्हें मेरा किताब अच्छा लगे तो अपना हस्ताक्षर कर दे । मेरे अंदर एक बहुत ही खास विशेषता है मैं किसी के चक्कर में नहीं रहता हूं । कौन क्या कर रहा है करने दो मुझे कुछ फर्क नहीं पड़ता है । मुझे सिर्फ अपने आप पर ध्यान देना है ।

क्योंकि दुनिया में ऐसे भी लोग हैं जो नहीं खुद कुछ करना चाहते हैं और नहीं दुसरो को कुछ करने देना चाहते हैं । एक बात ध्यान रखें अगर आप कोई भी नया काम करते हैं तो पहले लोग ताना मारते ही है । ये मत करो वो मत करो तुम्हारे बस कि बात नहीं है , तुम नहीं कर सकते हो . मुझे यह पता नहीं चलता लोग इतना सुझाव क्यों देते हैं । हमें जो करना है हम वहीं करेंगे । कई लोग हैं जो दुसरो के कहने पर वही करते हैं लेकिन मैं आपसे कह रहा हूं आप जो करना चाहे वो करे किसी के कहने पर खाई में मत कुदे । आपकी जिंदगी आपके ही हाथों में है लोगों के हाथों में नहीं है ।

मेरा बस एक ही सपना है कि मैं नाम कमाकर अपने पिताजी का अधुरा सपना पूरा करूं ।

इंदिरा गांधी जी : अब इंटरव्यू खत्म करते हैं राष्ट्रगान गा कर ।

विवेक कुमार पांडे : जी । सभी लोग अपने-अपने जगह पर खड़े हो जाएं राष्ट्रगान के लिए ।

जन गण मन अधिनायक जय हे,
भारत भाग्य विधाता,
पंजाब सिन्धु गुजरात मराठा,

द्राविड़ उत्कल बंगा,
विंध्य हिमाचल यमुना गंगा,
उच्छल जलधि तरंगा,
तव शुभ नामे जागे,
तव शुभ आशीष मांगे,
गाहे तव जयगाथा,
जन गण मंगल दायक,
जय हे भारत भाग्य विधाता,
जय हे जय हे जय जय जय जय हे.
भारत माता कि जय।

विवेक कुमार पांडे : जी। अब आप कुछ समय के लिए रूक जाएं। सभी आप से मिलना चाहते हैं।

इंदिरा गांधी जी : नहीं अब मेरे पास टाइम नहीं है। तुम भी जानते हो मैं अमर हो गई हुं। मेरा दैह मुझे छोड़कर चली गई है अब मुझे भी जाना होगा। में इसलिए आयी ताकि लोग मुझे वापस से जान सके और मिलने कि क्या जरूरत है। में सभी के सामने लाईव प्रसारण में सामिल जो थी।

विवेक कुमार पांडे : सिर्फ दो मिनट रुक जाइए। सिर्फ दो मिनट।

इंदिरा गांधी जी : ठीक है लेकिन देर मत करना।

(जैसे ही मैं बुलाने गया गेस्ट को तभी मेरे बड़े भईया ने मुझे नींद से जगा दिया और कहने लगे विवेक जा दुध लेकर आ। दुध फट गया है।)

कुछ भी कहो तो क्या इंदिरा गांधी जी का इंटरव्यू लेने में बहुत ही मजा आया। में एक महान स्त्री श्री प्रधानमंत्री इंदिरा गांधी जी से मिला इतना ही नहीं। मैंने उनका इंटरव्यू भी लिया।

www.ingramcontent.com/pod-product-compliance
Lightning Source LLC
LaVergne TN
LVHW042051051026
849517LV00012B/918
* 9 7 9 8 8 8 7 1 7 1 9 5 1 *